我的學號是爸爸

藍白拖 著　Dinner 繪

目錄 CONTENTS

前言

認識你之前，我是一個不及格的人，從來沒認真學會「照顧」。

你還住在媽媽肚子裡的時候，我憂心一個輕言放棄、沒責任感的人，有資格照顧一個新生命嗎？

況且，當時遭遇「三沒」，人生處於混沌狀態，剛辭職沒穩定收入；想當全職文字工作者但沒信心；生活支出沒停止過，日子載浮載沉。

我怕自己的無用牽累你。

你出生後蜷縮的身體像是數字０，告訴我一切從零開始，學習泡奶粉、換尿布、拍嗝、哄睡，你從床邊滾落至地下、著涼感冒或受傷，我自責沒照顧好你，然後想起一個人。

這個人從小不被照顧，所以不會照顧自己與別人，不幫忙打掃家裡，不愛讀書成績差，出社會經常換工作，養花但幾個星期就枯死、和哥哥一起領養小貓咪之後變成別人在照顧、談了幾次戀愛都傷害人，他只在乎自己。

如此討厭的人，沒人想把他當真朋友，我也非常討厭卻無法離他而去，因為我們曾經生活過，他比任何人都了解我。

這個人是誰？

他是過去的我。

我最喜歡抱著你，有如你在抱著我，然後輕聲溫柔說：「與過去和好，我給你一個改過自新的機會，好好練習照顧我，就是照顧自己。」

接著你給我一個新名字——「爸爸」。

第一次聽到你開口叫爸爸，好不真實，像是原地轉一圈、唸一句咒語，立刻從大男孩變爸爸，突如其來的改變讓人反應不及。

為了照顧你，我買了一堆書來讀，你哭了該如何安撫、該怎麼做能給你安全感、不要做什麼才不會留記憶傷痕，也努力照顧自己，認真工作有穩定收入、多去運動讓自己有體力、保持對生活的好奇心。

媽媽問我：「有小孩的感覺是什麼？」

感覺生命被擴張與打到，內心陰暗角落被一盞探照燈打到，這道光讓我看清楚自己的模樣，以及指引下一步的走位。

如果再問我有資格照顧一個新生命嗎？

或許對社會標準來說資格不符，但我有信心可以照顧你，因為你給我一個機會、一個新名字、一盞探照燈，相信爸爸會比任何人還愛你與照顧你，我的信心是你給的。

說不定，你已經等待了好幾個世紀，任務就是等一位不及格的人出現。

一艘無名小船

大海裡住著一艘無名小船，隨著洋流與風漂泊，活在自由與不自由之間，再巨大的海浪都不怕，也不怕餓肚子，因為碼頭上住著一個人，會用繩索傳遞食物給小船，當小船吃得越多就變越大。

偶爾船隻被大風吹得搖搖晃晃，但不怕；有風帆穩住方向，船身被大海接住。

小船漸漸成為大船，比大海深，快要撞到天空和碼頭，幾乎要把世界撐破，駐守在碼頭上的人看見便收起繩索，用雙手推擠小船，推向更巨大的汪洋大海。

正式出海航行後，這艘船終於有了船名，是守護在碼頭十個月的人給的名字。

兒子啊，因為我們的粗心大意，你這艘小船在媽媽肚子待了十九週之後，我們才知道有你的存在，像是突然有快遞按門鈴要我們簽收包裹，叫我們先收下。

然後你就出現在超音波照片裡，閉著眼睛像沉睡中的哲學家，我和你媽媽認真聊著輪廓、鼻子像誰，她笑著說長得像我就慘了。

你愛睡覺不愛說話，唯一能發出的聲音是心跳，第一次聽見你微弱的心跳聲，我開心一整天，醫生給的光碟片重複聽了好幾次，我當成來自宇宙另一端的聲音專心聽。

接著媽媽把超音波照片貼在電腦螢幕上，經常對照片深情傻笑，或工作到一半分心看著你，她最專心的時候就是想著你，想著你以後的長相、身高與個性。

當然少不了憂慮，擔心你的健康、被人欺負、日子過得不快樂；哭點變低，看到有孩子被傷害的新聞、親情電影就哭；擔心你營養不足，只要是健康的食物就吃；晚上睡不好，食欲被改變。

媽媽認識你的時間不長，也沒親眼看過本人，但你已改變她生命中重要男人的排序，瞬間成為第一順位。

那爸爸做了什麼呢？其實沒幫上什麼忙，頂多去外面買宵夜、陪媽媽產檢、如果她身體不舒服就關心一下、心情不好就乖乖讓她罵。

我和媽媽不一樣，不喜歡長遠規劃和童話想像，你的長相或未來順其自然就好。

所以媽媽開心和我討論以後你會從事何種職業，我腦袋一片空白，一年後的事對我來說是十年，若你二十三歲出社會，就是兩百三十年後的事。

況且，我當時剛離職要重新定位人生，沒空定位你，不快點照顧好自己，可能會拖累一家人。

像是你有一隻看不見的手打醒頹廢的我，叫我要務實，不能讓你餓肚子。

一直到出生前，你是沒有名字的人，因為台灣習俗會依照一個人的出生時間，再給人算生辰八字，最後才有現在的名字。

或許你感到奇怪，為什麼你的名字要別人決定，若以後不喜歡要改名也可以，對自己負責就好。

你現在有了名字，代表你是一艘大船，而且會持續長大，大到足以填滿世界時，我加上媽媽的手會把你推向另一片汪洋大海。

你放心出海航行，這次多了一個人駐守在碼頭上，我和媽媽會盡所能守護你，如同你是一艘無名小船時。

最不可思議的禮物

你的誕生，是我收過最不可思議的禮物，是我第一次「參與」一個人全部的人生，我和媽媽雖然相愛，但更久以前不相識，她不存在於我的世界，我們在人生中場休息認識，相約下半場一起生活。

你從無到有的生命過程中，所有人生細節我都全部參與、經歷與記錄。

等你變大人會意識到對小時候的記憶很模糊，這是全人類的原廠設定，沒人可以重設。

所以現代的父母很愛拍照記錄孩子的成長日子，好讓孩子日後可以重新認識自己。

你有發現嗎，我參與你的全部，你卻只能參與我的下半場，看似不公平。

其實我們都一樣，我也只能參與父母的人生下半場，即便他們分開生活，算是「部分」參與。

我從未參與過父母的上半場，他們也不曾主動提及，加上他們忙於工作和下半場不快樂的分開，各說各話內容不一致，導致我對父母的認識很破碎，就像一面有裂痕的鏡子，照出來的畫面很奇怪，又不完整。

我知道他們因離婚而分開，至於為什麼離婚，還是一個謎。

或許他們不想講清楚怕影響孩子，但真正的影響就是不講清楚，讓我對自己的生命拼圖感到缺憾，東缺一塊西缺一塊，再努力拼湊也無法完整。

我還是一個人的時候，這段過去經驗很好擱置，不理它就行，直到談戀愛和結婚，有人要和我一起生活，對方想知道我的過去並且認識我的父母，我只能認真告訴對方：

「對不起，我也不太清楚。」

我只好再次複習把過去擱置，這種無奈讓人擱淺。

當一個人要開始練習遺忘，表示他有一段折磨人的過去。

所以這種「部分」參與父母的人生經歷，到我為止，我要把人生上半場說清楚，下半場陪你相處。

我會盡所能把知道的告訴你，讓你間接參與我的過去。

讓一個孩子知道父親所有的一切，有用處嗎？

當然有，有一天你愛的人想認識你更深，可以牽她的手在公園散步，用認真的溫柔告訴對方：「沒問題，我會盡所能把知道的告訴妳。」

讓你喜歡的人，間接參與你的過去，讓他進到你的生命裡。

如果你和老爸一樣幸運，遇到一個願意與你約會的人。說不定，你們可以相約下半場一起生活。

如果再次和老爸一樣走運，擁有孩子這份美好禮物，生命會充滿更多挑戰的樂趣。沒有什麼事情比能從頭參與一個新生命的誕生，還來得不可思議與珍貴。

我想把這份幸運傳遞下去，下次換你收禮物。

人生就是一場紀錄片

在餐廳用餐時，你點了一杯喜歡的果汁，我逗你說可以喝一口嗎？你用力搖頭然後把果汁緊緊保護住。

喝到一半問我：「爸爸，你小時候都喝什麼果汁？」

「和你一樣，甜的果汁都愛吧。」

其實我根本記不得，所以說了模稜兩可的答案。

雖然我的小時候被我忘記，但我把你的小時候記得清清楚楚，喜歡吃的食物、玩具、故事書、卡通；討厭的昆蟲、蔬菜、天氣……還有最討厭「無聊」。

剛出生的你是一隻可愛迷人的小動物，一舉一動如美景，隨便一個奇怪動作都形成構圖，給人按快門的衝動，我的手機鏡頭很少休息，圖庫裡的一萬張照片，一千張是風景，九千張是你。

有一段時間你只會爬行，我用行李箱築牆困住你，防止你亂抓物品傷到自己或吞食，你的動物本能總是能逃脫，後來升級成門欄，幾個月之後你像大衛魔術師再次逃脫成功，直接把門欄推倒或大哭，想盡辦法要接近我們。

不會講話的日子，你拿情緒當語言，餓了、累了、不舒服就哭，不順心或被拒絕也哭，你幫我上了一堂行為學，我花了一段時間才能從哭聲分辨出真正的需求。

你喜歡用手吃飯，碗盤裡的食物是實驗室，先用手抓食物測試軟硬度，再把臉當畫板用食物上色，心情好就甩食物測試能飛多遠，你的好奇心無極限。

第一次帶你去海邊，你用一臉不可置信的表情迎接大海，讚歎它的美麗，看見大海就像遇見初戀，無法控制愛意，急著接近認識並且對話，向世人宣告要一輩子住在海邊。

第一次帶你搭高鐵，根本坐不住，堅持要在走道散步，陪你走了幾節車廂後把你硬拖回坐位，然後開始玩餐桌踢前排椅子，為了讓你安靜把手機丟給你，幾次下來覺得不妥，應該帶點東西讓你玩，於是之後出遠門都會帶畫筆與玩具，讓你有事情可以忙。

牽你的手散步去學校，沿路上的店面或地板全是觀察目標，四百公尺的路要花半小時，你不在意遲到，只在乎眼前看得到。

你喜歡動來動去，為了讓你有地方可以盡情流汗，幫你報名體操課，原先說喜歡，上了幾堂又不喜歡，後來我發現是課堂上沒朋友，所以不喜歡。

旅行路上，你喜歡找陌生人聊天，找到能一起玩耍的人，運氣好會遇到姐姐陪你畫畫玩桌遊，運氣不好就一個人閒晃或闖禍，我已練就一身道歉本事。

在外婆家，你突然跳到客廳桌上手舞足蹈，享受自在的奔放，看見我們笑，跳得更起勁，直到外婆受不了而阻止，才不甘願的離開表演舞台。

在公園最喜歡玩沙，會挖一個大洞用自己的身體填滿它，叫我幫忙蓋滿，剛開始我怕衣服髒會阻止你，之後學乖出門直接多帶一套衣服，讓你可以專心變髒。

你幼兒園畢業了，這是你生命中第一所學校，大部分時間是快樂的，偶爾遇到與同學吵架、某個朋友今天不理你，隔天又是好朋友、不喜歡寫作業；喜歡上美術畫畫、陶土和體育課，如果有廚藝課，你可能會成為料理王。

常有人問我教養小孩的方法？

我覺得最棒的教養就是把「教養」兩個字放下，換上「記錄」。

與其談嚴肅的教養，不如聊如何記錄小孩的方法，化身記錄員看一粒種子變成一棵大樹的成長過程，靜靜的觀察與欣賞花開花落，不必急著說太多、做太多，幫孩子記住童年，以防「被忘記」。

我先幫你記住，輪到我老年記性不好，換你幫我記住。人生嘛，就是一部紀錄片，無論好片爛片，都要一位導演來拍片。

我可以抱抱你嗎？

兒子，我要教你一招可以給人安全感的魔法。

「多擁抱你愛的人」。

尤其當對方情緒失控，憤怒或哭泣時，要唸咒語：「我可以抱抱你嗎？」

你初到世界經常生氣哭鬧，三不五時就哭，甚至為了葉子從樹上掉下來死掉而哭，我邊抱邊哄，你會收起淚水展開笑容，你讓我知道「哭」是理解世界的語言之一。

三歲之後用言語解讀世界，我們父子開始吵架，你不懂為什麼要阻止或強迫你，我低沉斥責的語氣害你哭，有時氣頭上還不允許流淚，最後你氣著跑去房間哭。

等氣消後我問自己：「如果我的父親斥責我，又不准我哭，會是什麼感覺？我會從難過演變成憤怒並加深我的叛逆性格，以後拒絕溝通。」

過一會兒向你道歉，無論結果是對或錯，都不應該發脾氣。

你的善良會原諒我，叫我下次不要再兇巴巴，我們會用擁抱換來和好。

有一本書說：「安全感來自於知道自己能夠應付人生中的任何挑戰，擁抱給人安全感。」教父母三個步驟——

一、孩子鬧脾氣時，試著請他給你一個擁抱。

二、如果孩子拒絕，再跟他說一次：「我需要一個擁抱。」

三、如果孩子再次拒絕，你說：「我需要一個擁抱，當你準備好時，就來找我吧。」

當你再次鬧脾氣，我克制要爭論的衝動，然後問你：「我可以抱抱你嗎？」很神奇的你的情緒穩定下來並且能良性溝通，更神奇的是媽媽也適用。

所以當你愛的人，情緒失控而怒火燃燒，給他一個擁抱，是最棒的滅火魔法。

可是你會發現兩件奇怪的事，為什麼明明沒吵架還是常常抱你、為什麼我和媽媽都不會抱阿公和阿嬤？

首先，我之所以常常抱你，是因為長大沒想像中好玩，當生活不順心轉頭看到你純真笑容，抱著你會讓煩惱瞬間消失，給人安全感以及真實活在此時此刻。

擁抱的魔力，抱別人也是抱自己。

再來，為什麼我和媽媽很少擁抱阿公和阿嬤？我上次擁抱爸爸媽媽的記憶應該是小時候，媽媽的答案也是一樣。

時間讓人長大，也讓人退化。

大人被歲月的生命經驗困住，害羞、不習慣、尷尬、覺得怪怪的、不敢表達情感。若問我二十年後需要你的抱擁嗎？答案是肯定需要，但我可能開不了口，你也會尷尬。

請記得小時候你是強大的魔法師，繼續當一個可以給人安全感的男孩。

因為我需要一個擁抱。

說心事時間

你六歲了，每晚都要進行一個儀式，完成才肯乖乖睡覺。

「聽爸爸說故事……」

為了拖延時間會叫我多唸幾本書，然後兩個人再互相殺價。

「爸爸，可以唸五本嗎？」

「最多兩本。」

「為什麼昨天可以唸四本？」

「最多三本。」

「喔耶～」

你要我多唸幾本，是要我多陪你，對吧？

原本唸故事要哄你睡，卻常常哄到我自己。等我唸完故事關燈催促你睡覺，你反而變成小皮蛋吵著要玩耍，玩到眼皮沉重才入睡。

直到有次你比較早爬上床，我也比較有精神問要不要說心事，你頓了一會，問我什麼是「心事」？一瞬間不知道該如何解釋，隨口說是開心和不開心的事。

你認真思考五秒鐘，先說了一堆在學校不開心的事，和朋友的爭執以及老師叫你寫功課，在我看來不是嚴重的事，在你眼中全是重要心事，之後再說開心事，誰是你最好的朋友以及拿到幾粒糖果。

傾吐完心事後表情自在喜悅，有如完成一件人生大事，無憂無慮的睡著，可是換我睡不著。

為什麼睡不著呢？我以為你是樂觀的射手座，煩惱對你來說是一陣霧，時間一到自動散去，沒想到這陣霧被你的情緒抓住，靜悄悄的被關住，原來樂觀的人不代表沒心事。

你忙上學和玩樂，我忙工作和陪你玩樂，我以為陪著你就足夠，其實不夠，還要懂得傾聽，聽內心真正的聲音。

這也是為什麼我要寫信把內心深處的話告訴你，能毫無保留對一個人說心事，代表那個人很重要。

我和媽媽曾經歷一段不說心事的日子，彼此都有話想和對方說卻開不了口，心事放久了就會製造疑惑、疲憊與難過，最後兩個人的關係只剩距離。我變成一座山，媽媽是另一座山，兩座山各自沉默與存在，無話可說。

如果想到以前無話不說，更加難受。

這段時間媽媽常毫無理由抱著你哭，你會緊張的關心她，一臉驚恐跑來問我原因，我不知從何解釋，抱歉當時只能含糊帶過。

後來我們有克服阻礙嗎？如果沒有你，現在應該是單親小孩。

我們克服的方式就是搭橋，在山和山之間創造連結，寫信給對方搭建一座文字橋，然後相約在文字橋上說真心話，一起放下過去的心防，走進彼此的心房。

說好以後不要沉默，更不要冷漠。

媽媽說：「沉默是一種冷暴力。」所以不和你愛的人說心事是隱形傷害。

反之，和你愛的人說心事是隱形的愛。

等你長大會認字，不再需要聽爸爸說故事，可是換我需要聽故事，聽你說遇到一個讓你心動的女生、去哪些地方探險、生活的開心和不開心，把「心的故事」全部說給我聽。

等我老了換我變小孩。

生活是一條長路

「你想看水濂洞嗎？」

「那裡有孫悟空嗎？」

「不知道耶，我們去找找看。」

我任性的幫你請假，要帶你逃離都市，體驗深山之美，好啦，其實是我一直很想去花蓮天祥，重溫太魯閣峽谷的美景，所以訂了天祥天主堂提供的房間，來一趟父子浪遊。

抵達新城火車站，我們一路攔便車到群山環繞的天主堂，三天兩夜的山中生活對都市小孩有些無趣，只有高山、藍天和大自然，住的地方又沒陌生人可聊天，所以你把無聊掛嘴上，於是問你想去看水濂洞嗎，你說怕孫悟空跑出來，但又想看有沒有孫悟空。

我們從天主堂一路爬坡至白楊步道入口，剛到入口你就說累，起初以為走幾百公尺就能看到水濂洞，一看到路標2.1 K，心想完了，這麼長的路你不知能否走完，雖然心中有猶豫但依然前進。

走到一半你說好累不想走了，蹲在原地要放棄，我讓你自己做決定要折返也可以，你想了一會，把煩惱拋在原地繼續前進。

走到三分之二的時候再次有了放棄念頭，開始抱怨為什麼要出門，可是看到路途上持續前進的人，你拖著疲勞的雙腳決定堅持下去，徒步一個多小時之後，終於看到白楊瀑布和水濂洞，你笑著說很漂亮與值得，甚至不捨離開。

回程路上，你佩服自己可以走遠路，雀躍的叫我開手機視訊和媽媽分享，你笑著走回天主堂，我們到便利商店吃冰棒慶祝，敬不凡的自己。

「下次再來挑戰好不好？」

「沒有下次！」你認真且誇張的表情。

兒子啊，我之所以帶你出來走長路，不是為了走路。

而是想陪你走生活，因為生活是一條長路，既遙遠又看不到目的地，路途上還會遭遇各種未知數。

生活累了可以停下腳步，看看身旁一直前進的人，運氣好有人拉你一把，運氣不好沒人有空理你，無論如何能帶你到終點的人，只有自己，自己才是雙腳的主人。

抱怨可以紓壓，但一直抱怨，只會讓自己更不幸。

以前我是一個愛抱怨的人，看到成績好的人會抱怨自己不夠聰明，旅行路上看到英文好的人會抱怨自己為何不是歐美人，看到家庭幸福的朋友會抱怨自己的出生，這些抱怨有幫助到我嗎？非但沒幫助還害到我，害我心中住著一隻刺蝟，我用抱怨餵養牠，每次生氣就全身布滿刺，傷自己也傷別人。

你最喜歡玩黏黏的史萊姆，一玩就會把地板弄髒，沾到地毯超難清理，抱怨就像史萊姆會黏人，被它黏上不好清理。

生活經驗教會我，要看美景就要流汗，流越多越好看，除了好看還能進到心裡，成為重要的生命美景。

風景一直都在，你不主動去找它，它也不會來找你。

爸爸只能陪你走一條路，不能代你的腳步。

挫折是病毒

前幾天你又掉了一粒乳牙，牙根滲血，我抽了一張衛生紙給你咬著止血，你沒有任何驚訝或恐懼，反倒不在意跑去看卡通。

但你第一次掉牙時並不平靜，整個人驚慌失措：「是我糖果吃太多嗎？沒有牙齒怎麼吃飯？要不要裝假牙？沒有牙齒別人會笑我！」

「這叫換牙，現在掉的牙齒叫乳牙，要掉才會長出新牙，新牙比乳牙更強壯，會跟我們一輩子。」媽媽擁抱安撫你，可是突如其來的打擊讓你暫時無法接受這種生命變化。

隔天你拎著憂心去學校，放學後你是一位悟得人生真理的哲學家：「老師說掉牙很正常，班上所有人都會掉，班上某某某也掉牙。」

之後再次掉牙，已能坦然接受並懷抱期待掉牙，希望自己擁有更強壯的新牙，這樣才可以吃更多。

你「害怕、抗拒、接納」的換牙過程，讓我想起一群大人的挫折遭遇，可能你以後也會遇到。

以前考試成績差，對接下來想要考的學校沒信心；突然想轉換職場跑道，但又沒信心做抉擇；心中有一件很想完成的事，但又沒勇氣去嘗試，該怎麼辦？

這時候可以回家和父母傾訴，把內心的不確定與害怕說出來，詢問父母以前如何走過不確定人生的經驗，如果父母沒經驗或無法解決問題，那就找一間圖書館以及一位良師，他們是最棒的「解憂雜貨店」，可以吸收豐富人生經驗。

這些書籍與良師會用幼兒園老師的口氣說：「挫折很正常，所有人都會遭遇折挫，我們無法控制它，但可以選擇面對挫折的態度。」

各種挫折就像換牙，一開始令人痛苦、害怕與抗拒，但它會使生命銳變，讓一個人的信念更強壯。

如果你問爸爸經歷過最大的挫折是什麼？

大學四年級時，我是一個輕言放棄的失敗者。

當時讀機械系一年級發現自己完全沒興趣，想轉學又怕考不上，心想沒關係以後可以考別的系所的研究所，因為覺得讀企管很有趣，跑去補習班補了三年，補到四年級後才發現根本沒興趣，只是為了逃避讀機械，最後選擇不考研究所，另一方面學校的社團、社交和戀愛關係都經營失敗，每天起床第一件事就是質疑人生，好像自己什麼都不會，唯一擅長的就是放棄。

於是打電話給阿公說要休學但被勸阻，咬牙硬撐領到畢業證書，畢業那刻沒有一絲喜悅，覺得自己不值得擁有這張證書。

即使這件事已釋懷並過去十多年，現在回頭看是庸人自擾，可是一直忘不了，挫折是病毒，要靠自己給自己打疫苗，之後會在身上留下記號與記憶。

假如有人出一筆錢要買走這一段記憶，我會說這是非賣品。沒有這一段經歷，就沒有日後的強壯信念。

若你有天遭遇大挫折，先回想自己的換牙過程，乳牙是過去的自己，新牙是新的自己，要掉牙才會長出新牙。不驚不慌，可以一臉不在意跑去看卡通，是你小時候的人生變通。

當你想赤腳走的時候

你四歲的時候我們常常去爬山，一看到階梯立刻脫鞋襪，享受赤腳走路的快樂，無畏異樣眼光，快樂做自己，好奇路人經常問：「小弟弟你為什麼不穿鞋？」

「我不是小弟弟！」你理直氣壯回應。

當然也會遇到指指點點的路人說你好可憐，爸爸到底會不會教小孩，雖然我沒理會，但聽到難免在意。

之後又遇到相同的質疑，你沒有任何反應，也沒看對方一眼，只管走路專注腳步，數自己踩到第幾個階梯，不被外界的雜音干擾，我跟著你的身影就像徒弟跟著師父。

赤腳生活維持幾個星期後，放學路上卻失落的說班上同學都笑你不穿鞋，我說同學不是故意的，但你相信他們是故意。

陪你玩鬧嘻笑時，突然生氣說不要笑你，我才發現你已被同學的嘲笑傷害。

於是我們父子談心，我說別人的笑有兩種，一種是喜歡你，另一種是不喜歡你，同學之所以笑你是喜歡你，覺得你和他們不一樣。

你恍然大悟，漸漸釋懷，日後依然赤腳上學，沒提及被同學嘲笑

的事情。

我們大手牽小手在路上童言童語，我一個大笑，你接著笑說：「笑有兩種，我喜歡爸爸所以笑爸爸。」然後給我一個大擁抱。

我最近讀到一則〈磨坊主人，他的兒子和他們的驢子〉故事，和你的赤腳生活很像。

磨坊主人打算去市集賣掉一頭老驢子，叫兒子坐在驢子身上，自己牽著韁繩出發。不久後在路上遇到一個鄰居，他責怪磨坊主人的兒子，並嚴厲的說：「你居然自己坐在驢背上，讓年邁的父親用走的，你不覺得不好意思嗎？」

兒子一聽，立刻從驢背上跳下來，請父親坐在驢背上，換他牽韁繩繼續前進。一會路過一群摘水果的婦人，她們看見大聲議論：「這父親竟然獨自坐在驢背上，讓年幼的兒子用走的，真是一個殘忍的父親。」

磨坊主人想了想，然後叫兒子一起坐在驢背上，市集的路還沒到一半，又遇到一位牧羊人用驚訝的眼神看著他們父子並說：「你們竟然一起坐在老驢子背上，根本是在欺負動物，真是太過分了！」

磨坊主人和兒子又氣又無奈，一起跳下驢背，兩個人決定找一根棍子，把驢子綁在棍子上扛去市集。可是到了市集民眾開始議論與嘲笑這對父子，怎麼會有這麼笨的人把驢子綁在棍子上，不用騎的。

故事告訴我們，無論做什麼都會有人批評嘲笑，取悅世人只會讓自己看起來更滑稽與不快樂，如果被影響就是上了別人的當，不如把路上遇到的閒言閒語當成意志考驗，考驗自己對一件事的信念強度。

反過來想，如果沒有這些考驗，反而無法檢測信念。

假如有一天，你想赤腳走出自己的路，身旁人都批評嘲笑你，怎麼辦？要把他們當考卷，罵考卷雖然有用但不會讓成績變好，要冷靜沉著用智慧作答，才會有好成績。

對了，忘了告訴你，爸爸也喜歡赤腳走路，和別人不一樣才好玩。

大人就是一種渴望跑很快、飛很高的動物

我昨天去聽一場關於旅行的演講，如何透過規劃、整理行李、體驗、回憶，在不同的旅行過程中認識自己。

講師請學員分享「上班時」和「旅行時」的心情狀態，好多人都說上班的日子平淡，長時間做同性質且重複性高的事情，要被關在一個地方完成公司交代的任務，無法開心做自己。

一聊到旅行，所有人的眼睛發亮，覺得旅行讓人保有好奇心，想不斷去探索，要往什麼地方走就往什麼地方走，不受限制，即使迷路也覺得有趣與浪漫。

旅行時看到的景色、當地人的生活模樣、城市裡的交通號誌聲、壯麗大自然裡的一陣風、公園裡的花草香味，關閉已久的身體感知系統瞬間重啟，每個畫面、聲音、味道、嗅覺都能觸動人心。

旅行使人著迷與陶醉。

反觀上班不好玩，要服從指令受限制，旅行比較有趣，自由自在，有活著的感覺，可以做自己。

聽完大家分享，我非常認同與理解，因為我曾經是排斥上班、渴望旅行的人，想一輩子的時間浪費在旅行路上。

直到經歷婚姻，然後有了你，我對上班和旅行有了新的想法。

首先，上班和旅行不該拿來比較，其實兩個都重要，不一樣的重要。問題不是上班和旅行哪個比較好，而是我們有了「比較心」。

上學比成績；上班比業績；感情比幸福；生活比快樂；旅行比誰走得遠。

但生活中很難「不比較」。你小時候常常說要贏全班，然後比誰聰明，我自己也常犯錯，當你在外面不乖乖吃飯，我會斥責你看看隔壁的小孩多乖多聽話，潛意識灌輸你比較心。

幸好你保有純真，拒絕我的恐嚇，快樂做自己，你的「不乖」是一種超能力。

再來，上班和旅行都是一面鏡子，再用力看都是自己。

很多人都說上班日子無趣平淡，但為什麼有上班族可以充滿熱情，到底是無趣工作把人變無趣，還是無趣人把工作變無趣？

上班工作長時間做同性質且重複性高的事很無聊；旅人不斷移動、看風景、拍照、吃飯、整理行李、換旅舍，一樣是做同性質且重複性高的事為什麼就不會無聊？

為什麼旅行迷路覺得有趣浪漫，工作迷路不有趣浪漫？

為什麼旅行給人活著的感覺，工作卻讓人苦悶？

到底是工作困住人，還是人把工作困住？

你兩歲半之前，我和媽媽在家全心照顧你，每天面對餵奶、換尿布、哄睡、陪玩、日常開銷，生活瑣事的加總讓人乏味，加上你的哭鬧讓人無法專心工作，日復一日失去自由，這種失去加速失落。

一度以為是你困住我，其實是失落困住我，最後一家人被困住。

你有沒有發現，大人的世界一點都不好玩，把自己困在某個身分狀態中，強迫自己做選擇，苦惱何時才能開心做自己。

為何不直接放下身分、放下選擇、放下苦惱，單純開心做自己就好了啊。

最後說一個故事。

森林裡有一隻跑很快的豹，每天都在找動物比賽，跑贏烏龜、大象、獅子，森林裡所有有腳的動物都輸給牠，因為經常比賽，所以越跑越快，一開始跑贏很開心，後來變得不快樂，因為再也找不到動物可以比賽。

苦惱的豹躺在樹下休息，天空飛來一隻老鷹，豹問老鷹要不要來比賽，但豹又不會在天上飛、老鷹又不會在地上跑，牠們要怎麼比？

於是牠們只能樹下聊天，豹說羨慕老鷹有翅膀在無際的天空飛翔，而老鷹羨慕豹有四隻腳可以在森林裡奔跑，彼此羨慕又嫉妒，活在天上和樹下的牠們都不快樂。

此時有一隻烏龜經過，聽到牠們聊天，望了一眼後，便轉頭專心慢慢爬。

大人就是一種渴望跑很快，飛很高的動物，可是後來，都變得不快樂。

當全世界都不理你

你皺眉嘆氣表示在學校沒好朋友，起初我沒放心上，小孩子不就是上一秒吵架、下一秒互相擁抱的動物。

過幾天再問有好朋友嗎？

「有啊，就是爸爸！」

我聽見後立刻正視你的煩惱，仔細詢問學校交友情況，可能是因為班上女多男少，少了男孩玩伴，所以我多帶你去公園或參加活動，結識校外朋友。

「人際關係是一切煩惱的根源。」*我知道沒有好朋友的心情與困擾，尤其看著一群人有說有笑，無法融入群體被忽略的感受，讓人失去存在感，因為我曾經是學校邊緣人，也沒好朋友，我們是同類人。

可是我想分享「沒好朋友」的兩個收穫。

因為孤單性格，我立刻適應當邊緣人，沒有花太多時間給難過，然後遇到和我一樣孤單的人，我們變成好朋友，現在依然保持聯絡與聚會，他的名字叫「書本」。

這個好朋友無所不知，當我遇到人生疑惑，心情好會直接說答案，心情不好丟給我解題步驟，叫我去找答案，除了願意花時間陪我，還給我自信心，覺得我變得太邊緣會教我改善人際關係，把握機會認識新朋友。

書本是第一個收穫，幫助我認識世界，打開我的好奇心盒子。

接著我開始好奇印度真的很貧窮嗎？埃及金字塔到底有多高？羅馬人真的很浪漫嗎？英文差真的可以在國外生活嗎？一個人獨自旅行是什麼感覺？

我被好奇心拉出門，在背包客棧看到獨自旅行的人，在河邊看書、聽歌發呆、客棧大廳看電影、酒吧喝酒、彈奏樂器，這些人看起來不孤獨，反而享受獨處，甚至有人不想花時間自我介紹交朋友，如

＊出自心理學家阿德勒（Alfred Adler）。

果不想獨處，只要主動打招呼，任何地方都可以交到新朋友。

一個人旅行最大的優點就是有很多時間觀察人，千奇百怪的人都看過後，人生腳步會自動調整，朝向心中所想的路前進。

獨自旅行是第二個收穫，幫助我接近世界，給我一個新朋友。

現在當我感到孤獨，這兩個收穫會出來陪我，但有點小改變，從前渴望長時間獨自旅行，如今把握短時間，健行爬山或去外地演講視為旅行，日積月累也是長途旅行。

除此之外，你會拉我的手，叫我不要工作要出門玩，玩到全身髒兮兮，玩久一點，如果還是有煩惱，就是玩得不夠認真。

你把我當永遠的好朋友，說要罩（顧）我。

所以我也要罩你，當全世界都不理你，我要拉你的手，我們一起認識新朋友。

逃避的藝術

晚上你說了一個很重要的心事，認真細聲地問：「我可不可以不參加畢業典禮？」

因為畢業典禮要一直在學校練習跳舞、吹笛子和上台表演，你怕表演差會被台下的觀眾笑。

我先了解你抗拒的動機，再說明幼兒園畢業典禮對你的意義，這可無法後悔，最後你依舊肯定語氣說不參加，我尊重你的決定點頭答應，你如釋重負後歡呼。

接下來的幾個晚上你多次向我確認，怕我說話不算話。

我把事情和媽媽討論，可是她擔心你是否為了逃避上台而拒絕參加活動，總不能以後遇到問題就逃避吧？我當下沒有質疑她的想法，而是說之後看著辦。

其實媽媽這一句「總不能遇到問題就逃避吧」讓我有許多想法，碰巧剛好在閱讀逃避相關內容的書籍，我認為這件事值得花三天三夜陪你坐在咖啡廳深聊，聊爸爸如何看待逃避。

逃避十聊。

一、坦誠是把脆弱的自己交出去，希望有人能小心接住。

願意把心事掏出來討論，比爭論「對錯」來得重要，或許站在我的角度是錯，但我始終不是你，不能一種角度看萬物，世界上的萬物如此之多，幾乎找不到完全一模一樣的生物，你的坦誠是要教我尊重「差異」。

二、逃避有兩種：健康和不健康。

健康的逃避是短暫抽離熟悉的場域，先把問題放下，一趟即興小旅行、一本書、一場電影或運動、與人對談……有時把問題放下，才知道如何重新拿起。

但每個人對於「短暫」的時間標準不同，我當年撥給自己一年時間，允許自己出國逃離台灣，我也認識花兩個月徒步環島台灣，就拾回人生熱情的旅人。

不健康的逃避如同放任自己無止盡暴飲暴食，讓一切都失控，什麼話都不想聽，什麼事都不想管、不想做，關在家什麼地方都不去，我沒聽過有人長期暴飲暴食，還能保持身體健康。

三、逃避就是失敗？不逃避就是成功？

有時「逃避」問題是偽議題，是我們害怕失敗，以為不面對就不會失敗，一部分和童年記憶有關，怕失敗讓父母失望而被責罵。

為人父母，我也希望孩子是一位被世界肯定的成功者，不要逃避，可是有人說過於肯定，其實是一種否定，所以太肯定成功，就是否定失敗。大人是否過於沉溺成功？

四、如果說旅行是一種逃避，那讀書、工作、結婚、追求夢想算不算一種逃避？

五、拒絕自己不喜歡的事物，算是逃避嗎？接受不喜歡的事物，算是勇敢嗎？

六、遇到困難時，除了逃避或不逃避的兩個選項，會有第三個選項嗎？

當然有，困難可視為挑戰、超越、冒險、爬山、好玩的迷宮、解題遊戲、極限運動、生命養分。

七、幫自己蓋一座防空洞。

有人說生活是馬拉松，我覺得是不停止的壓力轟炸機空襲，來了要快點逃到防空洞，等到安全再出來面對生活。

八、總不能遇到問題就逃避吧。

有可能不是「逃避」的問題，而是「問題」本身有問題？

九、沒有所謂的逃避，只是角度不同。

你在我面前轉身跑走，看起來是逃避，若換角度然後站遠一點，你才是前進的人，反而是我站在原地看。

十、如果真要逃，就逃得浪漫又精彩。

世界上不乏浪漫逃跑的故事，媽媽逃離記者生活，爸爸逃離正常上班族日子，我們可以當最佳逃跑拍檔，陪你一起逃。

要逃就投入熱情去逃，逃出世界的框架，逃出那屬於自己的生命風格。

寫了這麼多，過幾天你開心說因為可以拿玩具、繪畫本、領證書、吃麥當勞，所以又想參加畢業典禮了。

人就是突然想一個轉身逃走，可是過一會又不想逃，數個反覆動作之下，遠看就像在跳舞的動物。

笑容製造機

你從媽媽肚皮溜出來的時候，用「哭」迎接世界。

我一直以為是害怕而哭泣，其實是嬰兒剛出生呼出的第一口氣而引起了聲帶震動，進而發出類似哭的聲音。

哭過之後才會笑。

你不經意的哭泣會撼動媽媽的世界軸心，她會煩惱如何把你的難過接過去；反觀我的理性和工科經驗告訴我，第一時間找出問題以及後續該如何提高不哭泣的良率，把你當成科技產品來照顧。

你自然純真的笑容會重建媽媽對美好世界的想像；而我一直捉弄你或被你捉弄，用實驗精神計算你的笑容頻率和振幅。

你哭我們跟著哭，你笑我們跟著笑，你像操偶師控制著我們。

新手父母情緒之所以混沌，因為新生兒如造物主，可以在一秒之內選擇要毀天滅地或創世。

一哭毀滅世界，一笑創造世界。

你跟著時間一起長大，從原本喜歡哭，變成喜歡笑的孩子，如果哭是減號，笑是加號，你一日歡笑的數量遠遠超過哭，任意加減都是正數。

你最大方，從不吝嗇給予陌生人笑容，因為心裡有一台笑容製造機，好奇心是原料，原料一來立刻自製笑容。

一花一草、一動一靜、一大一小，哪怕是一粒沙子在你眼中都是好奇心的原料。

我臭臉叫你上床睡覺，你卻笑我何必愁眉苦臉，當下真的被你打敗，但也提醒我自己該修理那台老舊的笑容製造機。

沒錯，爸爸和媽媽心裡也有一台笑容製造機，因為出場年分久遠並且經歷時代的風吹日曬，除了忘記定期維修又沒有日常保養和照顧，時常當機出狀況或者缺乏原料，導致笑容停產，變成要依賴你的給予，如果沒有你的提供，我們就愁眉苦臉。

倘若有一天你的製造機也壞掉，一家人不就變成苦瓜臉家族？

所以爸爸也必須加油保養笑容製造機，同時提醒媽媽以備不時之需，一家人互相依賴與給予笑容，因為日子的運作會耗損心靈、跳電燒壞零件、好奇心原料供應不穩定，尤其長大後要維持製造機運作不容易。

然而做不容易的事情才不容易忘記，因為長大會忘記好奇心、開心與童心、忘記自己是搶到電梯按鈕，以及在自己身上畫畫而開心一整天的人。

幸好有你提醒和提供笑容，以後我們一家人共同經營笑容製造工廠，給你當廠長。

你想當什麼動物？

你小時候認識的動物比人還多，任何一種動物都可以立刻當好朋友，看到路上有小貓咪或小狗狗會開口聊天：「你今天過得好嗎？剛剛跑去哪裡了？你有沒有乖乖？」

除了蜘蛛、老鼠、蜜蜂，希望離牠們越遠越好；大部分的動物在你的眼中是友善與可愛，你喜歡動物勝過人。

一晚睡覺前，好奇問你想當什麼動物？

「豹，這樣我就可以全世界跑最快。」過一會說想當獅子，這樣就不會被欺負；最後又說想當海龜，在沙灘上孵蛋。

爸爸想當老鷹，享受飛翔的自由。看著你不受拘束，任意選擇想扮演的動物，尚未被現實世界框住，我羨慕這種隨心所欲的境界。

你從小自信過人，凡是想當什麼人就會成為那種人，拿針筒就說自己是醫生、拿刀子是廚師、雙手插腰教訓人是老師，切換職業如同拿遙控器切換頻道，不費力氣。

若在路上問一位成年人想不想當醫生？他可能會花十分鐘說一堆困難理由或自己不夠聰明，無法單純靠想像力當醫生。說要成為醫生不能只用想的，是靠有沒有付出時間、培養能力，甚至還會想到就算有付出也不一定會成功，因為現實世界的運作無法那麼簡單。

現實世界中，若排除命運和壽命，所有人得到的時間都是一天二十四小時，世界上最富有的人不會多得一小時，最貧窮的人也不會少一小時。

懂得善用和安排時間的人，感覺上會獲得比較多時間，事實上依然活在一日時針轉兩圈的世界，想買或想賣時間都不行。

雖然你曾經問為什麼一天不能有二十五小時，我暫時無法處理這種哲學問題。

總之不必抱怨誰誰誰的時間比較多，全部人都一樣。

然而現實世界的另一面，全部人都不一樣，曾經聽過一個很棒的寓言故事：

一所森林學校，裡面的學生有一隻鴨子、一條魚、一隻老鷹、一隻貓頭鷹、一隻松鼠與一隻兔子，大象老師為了讓所有人能發揮本能，課程安排了跑步、游泳、爬樹、跳躍與飛翔。

讓大家在不同領域擁有各自的強項，不求全方位發展。

可是有一天獅子校長說要舉辦考試，大象老師心想每個人的強項都不一樣，該怎麼考試？

大象老師想出一個辦法，比臉上的笑容分數，笑越多分數越高，鴨子和魚上游泳課很開心，老鷹和貓頭鷹上飛翔課、松鼠上爬樹課、免子上跑步課，大家上到自己擅長的課，都露出許多笑容，全部都得滿分。

故事告訴我們：每個人都有自己的樣貌與本性，大家都不一樣，有擅長和不擅長，在某些領域是贏家，但在其他領域是輸家，放大自身缺點不如放大優點，比成績不如比笑容。

「卓越可以透過專注於優點與妥善面對缺點來達到，而不是消除缺點。」*無論以後你想當什麼樣的動物，想成為什麼樣的人，又或者這個世界要把你變成別人，請拿出小時候的笑容。

因為笑容是對抗世界的溫柔武器。

---

* 引自《Positive Discipline： A Teacher's A-Z Guide》一書，第61頁。

小男孩與大男孩

喜歡比大小

大小男孩一起洗澡，小男孩最愛問：「為什麼你GG比我大？」當大男孩認真身體力行，健康教育，想要培養小男孩愛乾淨的精神，小男孩繼續追問：「為什麼媽媽沒有GG？」

以前大男孩洗澡是洗澡，現在是有G和無G的生活哲學課。

生日禮物

小男孩已經很久沒收到禮物，轉頭問大男孩。

「你什麼時候生日？」

「下個月。」大男孩抓抓頭。

「那你生日可以送我禮物嗎？我上課很辛苦欸，拜託啦～」

小男孩做錯事，大男孩先挨罵

客廳是小男孩的遊戲室，每次弄亂都不整理，媽媽回家後看到兩個男孩，先罵大的，小的幸災樂禍笑著說：「他不乖，每次都不打掃家裡。」

媽媽轉頭再罵小男孩。

帶著屁股去探險

在餐廳吃飯小男孩坐不住，到處探險東摸西摸，屁股一直動來動去。

大男孩看到別桌的小女孩乖乖坐在位子上，轉頭對小男孩說：「你看那個女孩好乖都坐在位子上。」

「她怎麼了？」

小男孩像是沒有耳朵的人，什麼都沒聽見，下一秒又帶著屁股去探險。

日常關懷

小男孩突然關心大男孩的健康。

「你要多運動才行。」

「哇，謝謝你關心我。」（大男孩感動）

「你知道為什麼嗎，你要多運動才可以活久一點，這樣才能陪我久一點，如果你突然死掉怎麼辦？」（嚴肅表情）

「那你要不要和我一起去運動爬山？」

「不要，因為我還是小孩子，時間很多，還可以活很久。」

職業

小男孩在學校聽到同學們交流父母的職業，唱名完同學們父母的職業後，竟然還有人的阿公是法官，最後用疑惑眼神問大男孩。

「你到底是做什麼的，為什麼整天待在家玩電腦？」

「喂～我是在寫稿，用電腦寫故事。」

「所以你到底是做什麼的？」

「作家！作家！」（認真口氣）

「什麼，坐在家是你的工作，那以後我也要當坐家！」

他們不懂我的帥

小男孩剪了一個新髮型，大男孩好奇問：「你覺得新髮型好看嗎？」

「很帥啊。」（陶醉於鏡中的自己）

「那你們班上同學覺得你有變帥嗎？」

「沒有，他們覺得這髮型不帥，很奇怪。」

「那你有很難過嗎？」

「沒有，我告訴他們這是最新流行的髮型。」小男孩一臉自信。

棉花糖

大男孩打算和小男孩分享《先別急著吃棉花糖》的故事，小男孩聽到「棉花糖」整個人眼睛發亮，大男孩說這是一本書，不是真的棉花糖，小男孩一臉失落。

「現在給你一粒棉花糖，吃掉就沒了，如果等到明天再吃就會有兩粒，你要選擇現在還是明天吃？」

「我要一百天之後再吃！」小男孩激動。

之後的日子，大男孩都和小男孩玩棉花糖遊戲。

「我可以先喝汽水，再吃飯嗎？」

「你現在可以喝半瓶，但你吃完飯可以喝一瓶，你要選擇現在還是吃完飯？」

「吃完飯！」

過幾天……

「我可以先吃冰淇淋，再吃飯嗎？」

「你現在吃可以有一球，但吃完飯再吃有兩球，你要選擇現在還是吃完飯？」

「吃完飯！」

誰發明的

大男孩趁媽媽不在家買Pizza吃，大小男孩右手Pizza，左手汽水。

「你知道Pizza是誰發明的嗎？」大男孩問。

小男孩沉思三秒。

「以前人發明的！」

公主

大小男孩出門玩，回家路上小男孩若有所思。

「終於可以回家了，我好想公主。」

「誰是你的公主？」

「媽媽啊，我好想念公主煮飯的味道～」（蓮花指）

占有

小男孩看見大男孩不乖，立即上前勸阻。

「媽媽是我的，我要占有她，你不許碰她！」

我養妳

小男孩想買玩具，媽媽說不要隨便浪費錢，他卻霸氣回：「我養妳就好了啊！我有很多錢！」

立刻轉身去拿小豬撲滿。

「妳看，我錢很多啊，裡面很多錢，我養妳就好了啊！」

媽媽看著小豬撲滿，哭笑不得。

你的爸爸，不是你的爸爸

「你覺得爸爸像什麼？」

「熊。」

「為什麼？」

「因為你比我高，而且會兇我。」

誠實告訴你，我當爸爸的經驗值是零，這是一個全新的角色，我覺得自己像是一隻電動玩具熊，原廠沒提供操作說明書，只好自行摸索。

因為亂操作，經常線路燒壞，當機故障，待修中。

我的人生倉庫裡堆滿各種待修中角色：兒子、孫子、老公、作者、背包客、大樓主委。

即使獲得爸爸新角色，仍有舊角色未完成之事，想去一些沒去過的地方、想寫出一個感人故事、想當一個好情人、想做點不一樣的事。

所以看著身旁朋友當了爸爸後，不斷放下與改變，全心全力扮演好角色，覺得自己是否該向他們學學，別再當一個任性的成年人，當乖爸爸就好。

你剛出生的那幾年，非常羨慕那些想去哪就去哪的旅人，不用被家庭與孩子綁住，越認真想越是有一條看不見的麻繩勒緊我，生活關係如死結，導致家庭風暴。

一段時間離開暴風眼，風平浪靜之後開始冷靜思考自己到底怎麼了？

可能是我抗拒爸爸角色，害怕它吃掉原本的我，無法像以前一樣過著無拘無束的日子，所以抗拒改變。

因而意識到眷戀著以前的自己，不用負責與承擔責任，簡單來說就是被過去的自己綁架，渴望活在過去的美好中。

一日相約好友搭船去北方三島，航行來回快七小時，船上沒網路，只好發呆欣賞漂浮廢棄物，看見輕的東西沒往海底沉，人生不也這樣，把過去看得越重才會跟著下沉。

大家常說要活在當下，但很多人活在過去的當下。我現在覺得當爸爸的感覺很棒，過去已經被我看輕。

對我來說一個人旅行輕而易舉，帶上你難度就會升級，加上媽媽再升一級，如此充滿未知與挑戰的人生，正是背包客追求的冒險日子。

當爸爸真的太棒了，除了可以把兒子變背包客，還可以拉媽媽一起下海。這一切，都是有了家庭的背包客才可以做的，讓背包客精神傳遞下去。

父親節我向媽媽致謝，她問我為什麼要謝謝她？

「因為妳，我才可以當爸爸。」

因為你，我才可以打造下一代背包客。

接下來，我要練習不當爸爸，改當玩偶。

因為你喜歡玩偶，會對它溫柔擁抱、擔心肚子餓、說心事；你不喜歡爸爸說道理、限制你、忙工作不理你、大聲兇你。

我要當一隻安靜、不批評、不責備、不囉嗦、永遠陪伴主人的大熊玩偶，讓你可以一直喜歡「偶」。

「開心」和「不開心」

你一個壞情緒上來，滿臉紅咚咚氣炸，先是把桌上物品全部甩地下，然後跑回房間把門重重甩了一下，這是極度不開心的表達過程。

我阻止你甩東西、斥責這種不禮貌行為、不准亂發脾氣，你嘗試辯解但我拒絕，你受挫得躲進房間。

不久房間傳出你的大哭聲，我立刻對自己的重語氣感到慚愧，一個在發脾氣的人阻止別人發脾氣，只好呼叫媽媽安撫你。

數天後讀到一段文章，想起我們的吵架戰爭，寫了一個故事。

「開心」開了一間麵包店，全部使用天然健康食材，加上對自己產品的信心與售價合理，客人吃完後心情愉快，生意非常好，每天出爐的麵包都賣光。

「不開心」看到麵包店生意好，跑去問老闆「開心」能不能教他經營秘訣，他立刻點頭答應。

「不開心」一個月後學成，馬上在附近開了另一間麵包店，使用低成本的非天然食材，味道更香，但售價貴，生意反而爆紅，還把「開心」的麵包店客人搶過去，甚至越開越多間，全世界都有分店。

記者跑去採訪「不開心」做麵包的成功秘訣，他驕傲的對記者說：

如何成功製作麵包？

一、否定他的行為。

二、否定他的感受。

三、否定他的價值。

四、否定他的觀點，包含信念、想法、世界觀。

五、否定他的任何期待。

六、否定他的渴望，無論是愛、歸屬、創意，一律拒絕。

七、否定他的「本我」，關於精神、生命力、本質、存在意義。

順利完成以上七步驟，就可以成功製作完美的不開心麵包。

寫完故事，我檢視吵架過程竟完成五個步驟以上，更接近「完美的不開心麵包」，而你就是我手中那塊麵團。

換做是我情緒上來，希望旁人如何對待我？

最好不要講大道理、否定我、威嚇或打人，不要讓我總是在孤單裡，給我一個五月天的溫柔就好。

日後你一個壞情緒又上來，開始甩東西，我立刻想起不開心麵包的故事，我決定改變態度，先認同你的情緒，不阻止甩東西也不責罵，再專心聽你解釋生氣動機，最後使出大絕招——一個溫柔擁抱。

紙包不住火，但防火紙可以，溫柔擁抱就是最佳防火紙。

等你氣消，我們一起動腦想辦法處理壞情緒，你說生氣的時候，氣到無法言語表達，是否可以先把壞情緒畫下來，等到生氣時把畫拿出來指一下，這樣就不用說話了。

你點醒了我，每個人的壞情緒都需要一個出口，通常最快的出口就是肢體行為和言語，可是往往都會失控誤傷人。

何不超前部署打造一個情緒出口，把壞情緒當成一種破壞性的藝術創造力，用畫畫、跳舞、唱歌、音樂表達情緒。

讓壞情緒轉化成一種能靜下心欣賞的藝術作品。

自從我主動改變，你也跟著改變，變成一位頑皮哲學家。

「爸爸我想到了，以後我生氣，你就給我糖果吃，我就不會生氣了。」

原來，沒有壞情緒的孩子，只有不懂欣賞孩子情緒的父母。

為自己發聲，是勇敢的表現

帶你去嘉義走走，出門前一天看到兩位國中生在開學日當天跳樓自殺的新聞，非常難過與不解，為何十五歲的孩子會做出這種決定？

或許是被嚴厲的父母要求成績，媽媽說可能是在學校被霸凌，無論何種原因，以後你恐會遭遇，所以我想花時間聊聊成績與霸凌。

談論之前，我先說爸爸曾經是國中倒數前三名，也被霸凌過。

關於成績，自從阿公和阿嬤離婚，國小五年級之後我就不在乎成績，經常成為老師們的眼中釘，曾經把考試卷揉成一團後交卷、課堂上和老師頂嘴，下場都是挨棍子，我不在乎被教訓或成績差，因為放學後依然可以跑去電玩店打電動或回家看卡通。

我也發現兩件有趣的事。

第一，成績好的人永遠是那一群，成績不好的人就是我這群，彼此追求的目標不一樣，始終不會成為好朋友，從來沒有成績好的同學跑來問我需要幫忙嗎，我也不可能跑去尋求協助，來自不同世界的動物無法對話。

第二，老師喜歡成績好並且聽話的學生，我能明顯感受出老師看我和看乖同學的眼神不一樣，這種眼神會傷人，但老師往往不知道。

身旁好朋友都是同類人，覺得讀書很累，浪費時間，不讀書才是快樂的泉源，一起反抗老師，當時的好朋友現在都已失聯，彷彿是臨時好友。

現在回頭看並不覺得成績差很丟臉，但有點可惜，可惜沒有一位大人願意花一堂課的時間和我聊聊追求成績的意義，可以把不讀書的時間轉移至其他事物上，培養「喜歡」一件事的態度，而非時間花在「討厭」的事物上——討厭學校、讀書、老師、體制。

我真笨，其實更有效的一招是反抗，而且會吸引老師們的注意，就是更努力學習把成績考好，這樣更能大聲質問成績的意義。

我認為在校成績不是評量一個人是成功者或失敗者，無論你考零分或一百分，我一樣愛你。

如果在校成績不好可以去玩校外成績，美國有一位六歲小女孩為了幫助非洲人到處寫信募款、台灣有位八歲小女孩玩疊杯子得世界冠軍，和八歲小男孩課後自學程式語言得世界冠軍，也可以當樂高達人或美食料理家。

用力追求熱愛的事物，就是最好的成績。

關於霸凌，一位專家定義「不斷刻意地對沒有抵抗能力的人，做出惡劣或傷害的事情」。我曾經在國中被一群學長圍毆，當時全班同學選擇沉默，因為我怕惹麻煩也沒告知老師，雖然沒有在成長過程造成影響、留下陰影，但其實這是不對的，我的沉默就是縱容那群學長去欺負別人。

假如你被霸凌或看到同學被霸凌，絕對不能沉默，可以先找我討論，一起找出降低傷害的方法。

挺身而出為自己發聲，是勇敢的表現；為他人發聲，可以預防悲劇發生。比霸凌更傷人的是旁人的沉默與冷漠。

不要隨便玩弄、取笑同學，尤其網路時代，你想說什麼就說什麼覺得好玩而已，但可能就是霸凌，言者無意聽者有心。

學校是社會的縮影，也會成為陰影。

除了學校，職場或家庭一樣有霸凌，它從來沒有在歷史上缺席，只是用不同形式和媒介出現，現在流行網路霸凌，擴散和傷害力更強，只要有人的地方就存在霸凌，與其躲藏不如主動認識與面對。

要是你同時遭遇成績與霸凌問題，先大哭一場，我會準備紙巾與擁抱，等你準備好，再慢慢說給我聽。

螺絲的重量

一位科學發明家因為沒有小孩，特地打造一台有生命的機器人，這孩子非常健康活潑，常常把食物打翻、破壞家、不聽話，發明家起初好脾氣教導他，但實在受不了他一直做錯事，即便用力打他，他不會痛而且依舊做錯事。

發明家想出一個懲罰方法，只要孩子做錯事就在他身上鎖一顆螺絲，讓他可以看見身上的螺絲，提醒自己下次不要犯錯。

由於孩子實在太頑皮，全身上下都被鎖上螺絲。

最後，全部的螺絲重量壓得孩子喘不過氣，動彈不得導致全身當機、線路燒壞，發明家努力搶修，卻再也修不好。

一早醒來你滿臉膽怯，不敢和我說闖了什麼禍，怕我罵你。我說不罵人，你才坦白在廁所玩水，弄濕地板。

接下來的日子，我觀察到你的膽怯次數變多，有點不對勁，以前闖禍都會當作沒事笑嘻嘻，現在少了笑容，多了擔憂，有些事情不敢嘗試。你已建立不好的生命經歷，是被經驗困住的人。

不好的經驗是一顆螺絲，而我就是故事中鎖螺絲的發明家，終有一天你可能當機壞掉。

心理學家鄭石岩說：「尊重孩子，可以幫助孩子建立信心和安全感。」反之，不尊重孩子會摧毀孩子的信心和安全感。

一個懂得尊重他人的人，會任意責罵他人嗎？我想不會。我任意責罵你，就是不尊重你。我不尊重你，你如何學會尊重人？

爸爸快要四十歲，身上也有一堆新舊螺絲，周圍不乏被鎖上螺絲的朋友，大家都背負著沉重前進，每走一步都留下腳印，如果有一副眼鏡能看見所有人的足跡，每座城市都是一張被塗亂的畫板。

反觀你身上的螺絲還少，腳步輕盈，每天起床都是新的一天，還沒到要被鼓勵活在當下的年紀。

一堆大人都告訴自己要活在當下，因為多數人活在過去，少數人活在未來。能示範如何快樂活在當下的人，只有孩子。諷刺的是，孩子活在當下，父母的過去會阻擋並拉住孩子，上演回到過去。

倘若我真是鎖螺絲的人，代表我手中一定有螺絲起子，可以鬆開螺絲。

為了鬆開你背後的螺絲，我展開「R計畫」（Respect plan），重建信心和安全感，當你再次闖禍，我停止責備與質問，稱讚你是實驗家，最後信心喊話：「我相信你不是故意的，我們一起想辦法改變。」

套一句媽媽常說的「家人是隊友」。

沒錯，既然是隊友，就不能讓任何一個人脫隊。

未來，我不要再鎖螺絲，要鎖上飛行翅膀和火箭噴射器，讓你飛向天空，探索自己的小宇宙。

我們一起數地上的星星

「走~走~走，帶你去一個神祕的地方。」

我一邊整理裝備一邊催促你穿褲子，你問要去哪裡，其實我也沒去過，所以拉著你一起探險，車上不斷逼問要去哪裡，我裝不知道。

騎車抵達四獸山，山路昏暗，我拿出照明燈探路，你抓緊我怕有鬼出現，我說這裡沒有鬼但有火金姑（台語），你的表情從緊張變成期待，興奮的說在電視上看過火金姑，認真尋找螢火蟲。

找了十多分鐘一隻螢火蟲都沒看到，你期待落空說我騙人，只想快點回家。

折返的路上，我把照明燈掛在你脖子上。

「你看，這裡有一隻好大的螢火蟲！」我指著你說。

「哪裡哪裡？」

「你就是螢火蟲，會發亮啊！」

你假裝螢火蟲飛來飛去，燈光開開關關，讓自己看起來一閃一閃在發光，最後什麼都沒找到，我們沒放心上，回家吃冰棒。

睡前你問說山上又沒有螢火蟲，為什麼要出門？

這是一個看似簡單卻深奧的哲學問題。人生的過程比結果重要，可是往往大家只在乎結果。

你在乎沒有看見、沒有螢火蟲、沒有成功，而忘了我們一起騎車吹風以及懷抱期待心去冒險。

重要的是創造，共創集體回憶，無關成功，關在家看電視螢火蟲，生活少一味新鮮的味道，生活的鮮味要自己創造。

然而螢火蟲如夢想，黑夜中發光，會在黑布畫出美麗線條，吸引著追尋者不斷上門，活不久也帶不走，要有乾淨水源和良好生態環境才能存活。

有一天你會用生活孵化出一個夢想，投入大量時間當追夢人，運氣好會得到，運氣不好則什麼都沒有，別把矛頭指向「有無」而已，結果固然重要，但別忘了欣賞自己努力的過程，欣賞完再查原因，最後修正。

沒看到螢火蟲的那晚，我上網查原因可能時間不夠晚或沒選對地點，便著手規劃下一趟小旅行。

今後我們一起數地上的星星，找到就開心，找不到就傷心一下，我們可以變身螢火蟲，回家我請你吃冰。

如果你是破壞王

午後在你房間睡著，醒來看見你在牆壁上的「作品」，想當時媽媽極力阻止你破壞牆面，但終究擋不住你對藝術創作的渴望，牆在你眼中是畫布，我們看不懂的傑作在你眼中是巨作。

雖然媽媽一開始崩潰，但看久後就變得不可怕，默許它成為家中的一分子，你曾驕傲的介紹作品，不准任何人擦掉它。

一轉頭，地上又有你的玩具作品，樂高拼的建築物或玩水實驗後的水痕，你的房間如戰區，隨便踩都是地雷，每次叫你收玩具視同前線作戰，要大聲呼喊才會行動，如果叫你把不玩的玩具清理掉，馬上搏命演出。

這些塗鴉與玩具是環境殺手，在大人眼中是破壞。

家裡有你在的時候，如果太安靜代表壞事即將降臨，你曾經拿媽媽的口紅當蠟筆塗全身、把媽媽新買的手機丟入馬桶，觀察手機泡在水中有何反應（反應最大的是媽媽）。

因為喜歡故事書裡的人物，隔天拿剪刀全部剪下來；每次吃飯都會想新招式讓飯吃起來更好玩；把衣櫥所有衣服當雪花灑滿天。

媽媽會先教訓你再罵我，因為在大人眼中全是破壞。

你到外婆家不喜歡被強迫打招呼以及遵從外婆定下的規則，當你拿沙發靠枕當玩具亂丟、在餐廳用餐鑽到桌底下，如果你不聽外婆的話，我們又沒主動喝止，她會嚴肅表情對我們說：「孩子不聽話要教，以後學壞怎辦？」

在外婆眼中聽話才是好事，因為她經歷的時代舞台和我們不一樣，那是一個人人都要聽話的年代，不聽話就會有危險或遭排擠，甚至失去生命。

不聽話的小孩會被視為異類，在大人眼中是破壞。

塗鴉、玩具、小實驗、不聽話，你集各種破壞於一身，會因此成為外婆眼中學壞的孩子，長大當壞大人嗎？

答案只有二十年後的你才知道，別輕易讓人看壞你的未來。

我花了幾年時間學習當爸爸，你學習當孩子，我只是比你早一步拿到爸爸和孩子的雙重身分，嚴格來說，我當孩子的時間遠超過當爸爸，但卻一點也不懂如何當一個好孩子，更別論當好爸爸。

其實我們是人生路上的同班同學，就讀混齡班級。

要是我每天都說你在做壞事，你早晚會相信自己做壞事，因為我是你最麻吉的同學，即使不相信也會自我懷疑。

要是我什麼話都不說，陪你調皮搗蛋，陪你不聽話，陪你大哭與大笑，沒有所謂的壞蛋或好蛋，只有陪伴，我們會是最要好的同學，別人眼中的搞破壞，在我們眼中是創造。

如果吃飯鑽到桌底下會變壞蛋，那就當作是一種浪漫。

如果你是破壞王，我就要當破壞王最要好的同學。

我的學號是爸爸，你是孩子。

萬事萬物都有缺口

你鼓起勇氣走向我，對我耳朵說悄悄話：「爸爸，我告訴你一個祕密，我今天偷吃了很多糖果，你可以原諒我嗎？」

我被你的誠實感動，搔你癢說小皮蛋快去刷牙，不給任何指責。為了公平，我也要鼓起勇氣和你說悄悄話。

「兒子，我告訴你一個祕密，其實我有很多缺點，你可以原諒我嗎？」

爸爸沒耐心、經常滑手機不陪你玩、用權威兇人、阻止你搗蛋、做菜不好吃，還有一個缺點最差勁，因為它陪我最久無法說改就改，就是「不會主動開口說心事，凡事放心中」。

內心有事都說沒事，習慣性沉默。

一個人出生與成長的家庭稱為原生家庭，原生家庭塑造一個人的性格。

我一部分的性格來自原生家庭，家人幾乎不說心事，即使我主動分享心事也會被家人的沉默潑冷水，一開始我很氣，直到發現家人從小和我一樣被對待，理解他們沉默的脈絡後，我就不氣了，可是習慣性沉默還存在。

一段時間曾放任壞習慣長大，它是怪物到處傷人，除了傷害婚姻關係，等你長大可能會再次傷了父子關係。

你是否記得有次我在整理冰箱，一些食物罐頭裡面有白白的黴菌，即使只有表面發黴但整罐食物已壞掉，食物放太久會發黴壞掉，缺點也是一樣，放太久不整理會壞掉。

剛好這次說悄悄話可以把全部缺點拿出來，認真整理。

鼓起勇氣坦白，對我來說非常困難與尷尬，畢竟我是一位比你大三十歲的長輩，至少在我的生命經驗裡沒有一位長輩向我坦承人生缺點，台灣社會沒有這種文化習慣，更不允許。

但我想打破框架，讓你知道父親有各種缺點，不偉大也不完美，只是比你年紀大一點的平凡人。

我先示範如何對待缺點，以後你可以對重要的人開口說心事，把好事與壞事全部告訴對方，心事放太久人會壞掉。

正視缺點，才能學會欣賞，自我欣賞。

加拿大歌詩人歌手李歐納·柯恩說：「萬事萬物都有缺口，缺口就是光的入口。」

我認為缺點像月亮，無法摘下來丟進垃圾筒。

無論你開心、難過或痛苦，它永遠高掛，我們能做的就是抬頭，
抬起頭欣賞月的陰晴圓缺。

可以的話就敬它，敬不完美的美。

然後，敬賞月人。最後，接住自己的陰晴圓缺。

你想自己去旅行

一個日常午後，你好奇問我幾歲可以自己一個人出國旅行？可考倒我了，這沒有標準答案，我只好分享一個人在路上的故事。

爸爸第一次小旅行是二十三歲，大學畢業那年送給自己一趟畢業旅行，為期八天七夜的上海之旅，因為英文不好選擇說中文的國家，沒想到背包客棧住的都是異國旅人，大家幾乎都用英文交談，我被迫用破英文溝通，卻也是因為「被迫」幫助我克服語言障礙，讓我體悟「能溝通比精通重要」，別被自己的「英文程度差」綁架，說就對了，聽不懂就請別人再清楚說一次，真聽不懂就用翻譯機溝通。

英文讓我認識各國旅人的差異世界觀，第一次發現世界這麼有趣，可以認識不同年紀、身分、國籍與文化的人，好奇心盒子瞬間被開啟，噴發出好奇光芒。

關於語言學習，你就是最好的範本，從小不怕說錯，看不懂就問，一直說下去，沒有語言恐懼，可能是因為你不在意年紀，所以沒有恐懼，一邊說話一邊笑。

接下來，第一次大旅行是二十七歲，在職場工作兩年後，進行為期一年的長途旅行，四處漂流，把知道但沒去過的國家都看看，聞一下不同國家的空氣味道、看一下不同都市建築、聽一下不同的街道聲、嘗一下不同的美食料理。

畢竟之前在台灣過了數十年複製貼上的生活，給自己「不一樣的一年」應該不算過分。

我在路上遇到十六歲休學的英國少年獨自去印度、六十歲工作退休的大叔第一次自助旅行、有人坐輪椅或杵拐杖、有父母帶著一家五口出門，總之出門就有故事，每個陌生人都是一本有腳會走路的書，打開嘴巴聊天就是翻開書本，閱讀故事。

到了三十歲你出生了，我獨自旅行的時間和機會越來越少，反倒常常結伴旅行，旅伴就是你和媽媽。

剛開始非常懷念獨自旅行的日子，苦惱何時還能一個人出國旅行？直到練習放下懷念，並且有你們陪我闖蕩世界，某次唸到一本關於埃及的故事書，我說去過埃及，你氣著說怎麼不帶你去？

孩子啊，那時你還是宇宙中的一顆星星，不知道地球在哪裡，也還沒掉進地球上媽媽的肚子裡，我甚至不認識媽媽。

「以後你去哪裡，我就要跟著去哪裡！」你特地叮嚀我。

你點醒我已經不是一個人，該告別過去不要向後走，該是一家人向前走才對。我必須承認，有你在的旅行特別好玩又有挑戰性，完全超越一個人旅行的層級。

至於你幾歲可以一個人出國旅行？

等你內在野性被解放，渴望闖蕩世界叢林，暫時不需要有人陪伴的時候，就是可以一個人出國旅行的年紀。

如果有一天

如果有一天……

你感到人生迷惘，我會陪你去公園玩，順手帶上「迷惘」的網子，一起抓蝴蝶。

你從事一份沒興趣的工作，我會放下手邊工作，陪你去認識有工作熱情的人，請教對方如何找到有興趣的工作？

你感到孤單，我會陪你去北半球玩，你一定不記得六歲的某個晚上，問我可不可以帶你去北半球玩。

你感到生活無意義，我會陪你騎機車環島，去海邊我們一起對著大海罵「機車生活」，宣洩全部情緒。

你感到不自由，我會陪你去搭船，在海上漂流。我們一起被困在不自由的船上，隨自由海洋起舞。

你找不到學習的理由，我會陪你爬一座山，我們在山上找一個最舒服的角落喝咖啡，找最美的角度欣賞風景，晚上在夜空中找星星就好。

你感到自卑，我會陪你難過，然後再請你看電影，看主角被人欺負後，如何面對生活。

你對自己沒自信，我會陪你去徒步環島，只管前進，不管自信。

你畢業後不知道要做什麼，我會陪你做一件最瘋狂的事，先享受當下，慶祝畢業。以後的事，讓媽媽去擔心，喔耶！

你感到憂鬱，我會陪你去聽海，聽海哭的聲音，飄雨時我們一起淋雨。

你在校成績差，我會陪你挨罵，然後去花蓮天祥住山上，遠離都市煩惱，在山谷裡吶喊。

你生活不快樂，我會陪你去吃冰淇淋，這是你從小獲得快樂的方法，我們把煩惱留在家，來一趟冰淇淋環島，吃下快樂。

你失戀，我會陪你喝一杯，如果還是難過，媽媽接著陪你喝一杯，因為她知道女生在想什麼。

你感到窮困，我會陪你去印度，好啦，其實是我想再回去當志工，服務那群真正窮困的人。

你嫉妒比自己優秀的人，我會陪你寫一封信，請教對方優秀的秘訣，因為爸爸是優秀絕緣體，我比你更想知道。

你看到一則新聞而憤怒，我會陪你去書店，在安靜的書店找一本書，順便找回平靜的自己，書本知道如何面對不好的社會事件，並且捲起袖子做點事情。

你覺得自己很失敗，我會陪你蘭嶼走一趟，坐在涼亭吹風，讓海風把失敗帶走，帶去看不見的遠方。

你失去生活好奇心，我會陪你畫牆壁、做科學實驗、去公園看植物、住背包客棧，你小時都是這樣找到好奇心。

你覺得走錯路，我會陪你一起撞遊，跌跌撞撞，然後拍拍褲子上的灰塵，讓走錯路成為一種獨特風格。

你被朋友背叛，我會陪你去唱 KTV，把所有難過、想不通、為什麼唱出來，把煩惱全部清空。

你心中有一件事放不下，我會陪你一起記住，一起扛，一起完成，因為我們是老戰友。

這輩子我們先當父子，下輩子再當拜把子。

沒有白馬王子的愛情故事

你從小最愛聽故事，我要講一個沒有白馬王子的愛情故事。

非洲草原上住著一隻孤僻的獅子，喜歡在一望無際的荒野奔跑，個性古怪沒有動物想和他做朋友。

夏天天氣非常熱，獅子奔跑時好不容易看見一棵大樹，立刻跑去樹下躲太陽，過了幾分鐘後又有一隻馬跑去樹下躲太陽，這隻馬非常漂亮而且有個性，竟然不怕獅子。

因為太陽照射角度隨著時間變化，所以樹下的陰影面積也隨之增減，獅子和馬一起跟著陰影移動，有時擠在一塊，有時陰影面積不夠，馬會把獅子擠出去，他們擠來擠去擠出感情。

之後會相約一起去草原奔跑、湖邊玩水、樹下躲太陽。

雖然他們都有四隻腳，但外表、生活習慣、個性截然不同，免不了要吵架，可是吵吵鬧鬧之後，他們會想到一起在樹下躲太陽的那天，過不久立刻和好。

獅子真的很喜歡馬，想陪他常常曬太陽躲太陽，獅子把自己全身塗成白色，學馬走路的樣子，鼓起勇氣告白。

「我不是你眼中的白馬王子，但我可以用一輩子時間扮演白馬王

子，讓你一直喜歡我。」

最後獅子有告白成功嗎？

如果沒有，就不會有你，也不會有這本書。

我和媽媽第一次見面相約電影院，看完後一路散步到公園聊天，一個不小心聊到現在，如果有一個人願意花時間陪你聊天，要真心感激並回送一朵花給對方，這朵花叫「時間花」，感謝對方把時間花在你身上。

若持續不分日夜照顧花朵，最後會變成一園一丁，一座花園裡有著兩位園丁。

現在我們家是一園三丁。

等你長大會離開家園，在路上遇到願意花時間陪你聊天的人，接著創造屬於自己的花園。

一切聽起來浪漫美好，但日子就像天氣不可測，突然一場大雨、大風或烈陽，花園瞬間被摧殘，失去失望失落，三者同時發生，可能會有一位園丁想離開，或是都想離開。

花園除了愛護，還要學習保護與修復；別用淚水澆花，容易枯萎；別用憤怒修剪花園，會割傷花朵與自己。

我和媽媽走過一段修修補補的路，跌了一大跤，使勁才爬起來，所以特別珍惜這段關係。

爸爸希望你記住，當你和喜歡的人吵架，腦袋要放大相愛的過程，縮小相怨的畫面。

如果你們有共同喜歡的一首歌、一部電影、一間餐廳，吵架後就去聽音樂看影電約會，喚回美好記憶，趕走壞情緒。

無論如何，我是一隻孤僻的獅子，不是白馬王子。

但我可以教你一招，先當一隻有自信的獅子，喜歡你的人看著看著，就會把你看成白馬王子。

誰是勇士

我們來玩一個遊戲「誰是勇士」，規則很簡單，只要誰說出最多害怕的事，誰就是最厲害的小勇士。

「我怕蜘蛛、蜜蜂、寫功課、肚子餓、怕被罵，還有還有我想想……」你數著手指頭說。

好，接下來換我。

我怕自己無法把你照顧好、怕你生病受傷、怕你在學校不快樂、怕你孤單、怕你被欺負、怕你有心事不想說、怕你傷害自己，最令人害怕的就是失去你。

曾經你亂跑和我玩躲貓貓，當下找不到你讓我極度恐慌，怕你發生意外，後來你突然跑出來，我生氣罵你不准玩這個遊戲，其實我之所以氣，是害怕失去你。

你出生那刻手上握著一隻魔法棒，把我從狂妄自大變得膽小和脆弱，小孩知道大人不乖，要施點魔法才會學乖。

你三歲的時候高燒不止住院，我和媽媽坐在急診室門口等待，幾小時的時間像幾十年，看著你一臉難受表情，當下覺得賺錢或夢想根本微不足道，你能健康的調皮搗蛋才最重要。

你揮舞手中那隻魔法棒，把巨大的金銀財寶變成一杯水，要讓大人知道看似平凡的水，重要程度不亞於金銀財寶。

平凡無奇的健康是那杯水。

我小時候也住院，覺得吊點滴很新奇，不用上課挺好的，同樣一件事角色對調，感受的差距與差異如此大。

以前看到暴力對待小孩的社會新聞，事不關己，現在看到會擔心發生在你身上怎麼辦？我現在可以做點什麼？

以前在路上的年輕旅人，他們是路上的旅伴，現在看到都會想這孩子年紀輕輕就出來，父母會擔心嗎？

以前在街上穿校服的年輕人，他們是同類人，現在看到是別人的孩子，以後你也會長得和他們一樣高，如果有學生一臉憂鬱，我怕這是你長大後的表情。

為什麼要說出這麼多害怕的事情？

倘若一個人要先認識死，才知道怎麼活；先認識害怕，會知道怎麼勇敢。

我知道你從小害怕什麼，我也要讓你知道我的害怕，這樣才公平，以後能同理並且不誤傷對方。

爸爸以前不乖，自以為所有壞事都可消化，不必說出來讓人操心，到頭來消化不良，生活變得不開心。

反觀你好事壞事不藏私，想說什麼就說什麼，不壓抑想法與感受，你比大人更懂生活的藝術。

好了，遊戲結束，誰是勇士呢？

我們一起把害怕的事情全部說出來，我們都是勇士。這個遊戲好玩之處就是沒有輸家，所有參賽者都是贏家。

總之，當你長大遇到一個能把內心害怕說出來的人，而你也想把自己的害怕告訴他，這個人要把握住。

他是值得一起生活的人，因為生活遇到不順心的機率大於順心，有一個人能陪你吐苦水，生活會回甘。害怕就也能變成甜美的果實。

我已經遇到了，你遲早也會遇到。

如果沒有你

如果沒有你，我沒有機會進到產房，看見疼痛對女人的意義，原來一句「生日快樂」背後，有一個被痛苦折磨的人，我才了解快樂裡藏著苦難，苦難裡藏著快樂。

我沒有機會站在嬰兒室的玻璃窗外，看著一個熟睡的人就能感到幸福，這種奇妙的幸福感是環遊世界八十圈也無法得到的。

我不會被一隻小手緊握住，這是一隻會說話的手，叫我不准放開也不能離開，原來被一個人需要是這種感覺。

我不會獲得如此大量的笑容，你是第一個固定每天給我笑容的人，就算全世界都塌下來，你都能用笑容接住。

我不會被經常擁抱，因為我既渴望又害怕親密關係，你的溫暖擁抱是太陽，重塑了我的回憶，照亮過去的童年。

我沒有機會當不一樣的背包客，體驗揹小孩的重量，這個重量有期限、有痠痛、有人生使命的意義，讓每一步走得踏實，不同於漫無目的旅行，虛無的移動，以前是靈魂當導航，現在是你活潑的好奇心當導航。

我和媽媽起口角時，沒有人可以幫忙勸架，你是最厲害的和事佬，凡事以和為貴，叫我不准傷害媽媽的心，叫媽媽不准罵我，然後拉著我們的手，三個人的手牽在一起。

我沒有機會重新認識旅行，原來不一定要出門旅行才能獲得快樂，如何從看似無趣的家中找到樂趣，是旅人的試煉。

我會忘記純真的重要，悲傷時要悲傷、哭泣時要哭泣、歡樂時要歡樂，有一種純真叫想做什麼就做什麼，天不怕地不怕，只怕肚子餓。

我會忘記好奇的重要，世界上沒有一件事是理所當然，好多人把不快樂視為必然，不開心的日子讓人停止思考與提問，快樂的人會不斷提問：樹會哭泣嗎？水從哪裡來？窮或有錢，很重要嗎？人死掉會去哪裡？

是你教我快樂來自於好奇提問。

我不會有爸爸的新身分，還是一個任性大男孩，說離職就離職，說走就走，喜歡人生無計畫，喜歡自由自在，喜歡無拘無束。

但有了你之後，我發現去喜歡自己不喜歡的事情，是一種態度，一種境界，一種成長。

如果沒有你，我沒有機會回到校園坐在大禮堂，看著一個人穿著畢業服，開心迎接未來的模樣，對另一個新環境充滿喜悅與期待。

我不會看見自己小時候的樣子，原來如此調皮讓人頭痛，好多小時候的回憶重新拾回，許多從小的不完美與缺點，又如何？大多都是虛驚一場，自己嚇自己。

你給我一張回程車票，一張可以欣賞童年風景的車票。

你給我的，遠遠超過我給你的。

爸爸家的秘密

晚上從新莊阿公家離開，準備刷卡進捷運閘門時，你終於發現爸爸家族的疑點。

「為什麼阿公自己一個人住，阿嬤也自己一個人，他們為什麼沒有住在一起？」

「因為他們常常吵架，所以離婚分開住。」

「什麼是離婚啊？」

「就是兩人個性不合，最後各自過生活。」

「你和媽媽也會吵架啊，你們怎麼沒分開住？」

「這是好問題，我來想想……」

我和你一樣年紀的時候，沒看過父母吵架，只是很少全家人一起出門，突然一天搬離原本熟悉的家，轉學到另一間國小讀書，換成和阿嬤生活，一待就是好幾年。

在阿嬤家常常遇見姑姑叔叔們，隨著時間增加見面的次數多過見到自己母親，有說不出來的奇怪感覺。

同學問到父母的事情，我一律回答個性不合分開住，至於為何分開始終不清楚，在親戚長輩間這是禁忌話題，小孩不准問太多，我是被模糊帶大，並且有新代號「單親家庭」的孩子。

父母的離婚沒有讓我過度悲傷，因為再多悲傷也無法改變現況，只能盡快獨立照顧自己，我從家的島嶼分裂成一座孤島。

「分離」離我很近，近到成為器官，無法說丟就丟，我花了許多時間與力氣學會共存，和它做朋友。

你說我和媽媽也會吵架，怎麼沒分開住？

其實我們有分開住，只是你不知道，如果半夜突然有人抱你入睡，代表我和媽媽吵架分開睡，你是避風港。

都是分開，只是不急著要分開太遠太久。

我認為「離婚」不是禁忌話題，應該視為一個健康題目來討論，畢竟現在是結婚與離婚都容易的時代，就算不談論婚姻，也會談戀愛或失戀。

如何對待愛情，即是如何對待自己。

我曾經遇到感情問題就逃避，不想起衝突，反正擅長分離。

現在有一個人時常提醒我，感到害怕就握緊旁邊人的手，非常害怕就找人抱抱，把內心恐懼說出來。

我和這個人個性、生活理念不合，也會大吵大鬧，但最後都會放下仇恨原諒彼此。

這個人既可怕又可愛，他是誰？是我的孩子。

是你讓我看見家的島嶼。

搭便~~當~~車
A

搭便車初體驗（上）

午後炙熱豔陽下，台南市區一處路口有一對父子，爸爸站在原地手持紙板，上面寫著六個潦草毛筆字「環島中搭便車」，另一邊的小男孩在騎樓玩耍，爸爸不時察看孩子並轉頭注視前方。

行經的汽車駕駛看到後心想：「那位爸爸為什麼要帶小孩做這麼危險的事，如果發生意外怎麼辦？等下應該有人會幫助他們吧？他們看起來很古怪。」

其實，那位爸爸有車卻還是選擇在路口攔車，他知道自己的行為很傻又衝動，原本可以準時並且舒服吹冷氣抵達目的地，最後落到旅行充滿變數，還要流汗曬太陽，孩子跟著一起受苦。

他到底在想什麼？之後又發生了什麼事？

讓我來解答，因為那位爸爸就是我。

起源是你四歲讀幼兒園時突然不想上課，早上起床抗拒上學，常要連哄帶騙拖出門，下課後也說上課很無聊，反抗期維持半年。

期間嘗試換學校，但大部分的幼兒園都沒空額，我和媽媽多次討論此事，但她總是眉頭深鎖說：「總不能小孩不適應就換學校，以後長大出社會怎麼辦？我以前也是這樣撐過來的！」

我們越認真討論教育問題，越是吵架收場。

直到某日再次吵架，她發出憤怒之吼：「你為何堅持換學校？」

「如果小孩不適應，就給他一個機會換環境，不是比較好嗎？」我不甘示弱反擊。

「那你有沒有想過，你可能在剝奪小孩適應環境的機會？」

當下覺得媽媽的質疑很可笑，我是在幫助你成長，又不是害你。

數日後的沉澱，我問自己為何堅持「換環境比較好」，並審視過去的生命經驗，大學時代想轉學但沒勇氣，出社會工作一年半後不適應職場環境而離職旅行，透過四處旅行，大量換環境得到前所未有的人生勇氣。

因此深信不適應就換環境，進而培養出「說走就走，說換就換」

的信念。

所以當我看到一個人不適應環境又不主動換環境，就是缺乏勇氣，然而這是否是一種偏見或執著？

意識到「我執」後，我不再執著換學校，如果不想上課就不要上課，不如帶出門冒險。

既然無法換學校環境就換心境，於是萌生「搭便車環島」的衝動。

接下來內在的質疑接踵而來，除了沒有攔便車成功的經驗，也不知道是否有能力獨自照顧你，加上當時七月份氣溫居高不下，如果攔不到車子、小孩中暑、遭遇危險，怎麼辦？

各種不確定削弱衝動，但沒有擊退我。

我著手準備材料，從厚紙箱上撕了一片大小適中的紙板，花了二十多塊買毛筆和墨水，隨意揮筆寫下「環島中搭便車」，拍照發文向全世界預告即將帶小孩展開一趟未知的冒險之旅。

你看見紙板，問我上面的字是什麼意思？

「可以出門玩了。」

「我們真的要出去玩嗎？」

「真的。」

「喔耶！」（真心快樂的表情）

你沒問要去哪玩，因為你不在乎去哪裡，只在乎不必上課。我知道你是逃避上課，但完全不擔心、不焦慮、不憂愁且樂在其中。

如果要教育你逃避是不好的，可能要先花半小時解釋什麼叫「逃避」，你讓我了解到人生何必被「逃避」兩個文字困住，所有的文字都是死的，只有嘴上笑容是活的。

人生可以逃到如此隨心所欲是一種本事。

不料出發前兩天，全台霧霾嚴重持續一週，我內心的理智和衝動在打架，「猶豫」拿板凳在旁邊看好戲。

搭便車初體驗（下）

世界上最難被移動的東西是什麼？當然是本性。

我的衝動本性擊倒理智，決定要環島但改變策略，為了健康著想，我向家人借汽車以及向老師請長假。

外界以為我們父子要挑戰搭便車環島，其實是自駕娛樂之旅。

出發當日我把紙板塞入行李箱，準備要闔上時，媽媽問我幹嘛帶紙板？

「我也不知道，就是想帶著。」

也許帶著不知道出門，才能在路上撿到謙卑與「知道」。

帶著吵鬧的你，以及一枚不吵鬧的行李箱和一片用不到的紙板出門，接下來的「偽搭便車之旅」很順利，一切都在掌握之中，從台北往花東移動，沿路欣賞景點與品嘗地方美食，無需站在路邊曬太陽攔車、擔憂來不及抵達目的地，除了無法預測你何時想吃冰淇淋，各種旅行可能遭遇的風險與未知數幾乎被排除，稱得上是一趟安全之旅。

可是這趟安全旅行漸漸令人感到不安，和我預期中的冒險之旅不一樣，少了點什麼。

開車行駛在花東公路上，看到一位旅人在烈陽下揹負行囊一步一腳印前進，而我腳踩一下即可快速移動且吹著舒適冷氣，相比之下我是不勞而獲的旅人，失去冒險精神。

每當入住旅舍打開行李箱會先看到紙板文字，退房整理行李箱再看一次，開開關關之間，行李箱彷彿對我喊話：「主人，勿忘初心啊。」

環島尾聲來到台南，下午閒來無事，你說想吃冰。我一個念頭閃過，走到行李箱取出那張無用的紙板，父子倆人穿拖鞋出門去安平吃豆花。

你以為可以快樂吃冰消暑，但要迎接的是炎熱太陽與未知等待。

我牽著你在騎樓穿梭找適合攔車的路口，它符合三要素：空地、紅綠燈口、車速無法快的路口，要有小空地讓駕駛停車，給等紅燈的駕駛思考時間，車速越慢越能看到手上紙板的字。

最後是高舉紙板，我認為是最難的一關。

我有路口攔車的失敗經驗，十分鐘內被許多台呼嘯而過的車子拒絕，一氣之下改搭公車。現在回想起來很可笑，其實我當時是可以等上好幾個小時的，但卻因為害怕被拒絕而放棄。所以這次抱持一定要成功，不留退路。

一開始在路邊等了十五分鐘，許多路人用好奇眼神看著我們，我用微笑眼神回看，但都沒有汽車駕駛停下來。

你受不了台南的悶熱天氣，開始煩躁說：「爸爸，為什麼我們不開車，不是要去吃冰嗎？幹嘛在這裡攔車？」

我正打算要向你解釋，此刻有一對路過的母女問我們要去哪，說剛剛就看到我們在攔車，現在正要去停車場取車，對方爽快答應載我們去安平，我拉著你說可以吃冰囉。

跳上車後駕駛媽媽要和你聊天，但你害羞的縮在我腿上沒回應。

「你怎麼會想帶小孩搭便車？」

「放暑假帶小孩出來冒險一下。」

「你們從哪出發呢？」

「台北。」（心虛）

「妳怎麼會想載我們？」

「我看小孩在路邊曬太陽很辛苦，我是想載小孩啦～（笑）」

十分鐘後抵達安平，我請求合照做為第一次父子搭便車的紀念，道謝後直衝冰店。

等了半小時終於吃到冰，你一邊吃一邊問我為什麼要搭便車，我說可以認識新朋友，但你專注享受冰品沒有想認真聊天的意思。

吃完冰再次攔車回去，第一個路口等了十分鐘沒車，再換下一個路口又等十分鐘，大太陽把你的負面情緒全部曬出來，你開始憤怒、無奈、哭鬧，我的心情被影響，我們父子倆在邊路吵架。

吵完後我回到太陽下舉紙板攔車，要把問題決解。一台車在我眼前緩緩停下，瞬間得救。

上車後看到的是一對母子，駕駛剛拜訪完親戚要回家，因車子老舊無法開冷氣，你熱到生氣，對方立刻道歉還搖下車窗，我一臉尷尬。

駕駛媽媽問你旅行不好不玩，你沒回應，我拿衛生紙幫你擦汗並在耳邊輕聲說等下去買料飲喝，你心情才好轉。

「妳們之前有載過陌生人嗎？」我問駕駛媽媽。

「沒有耶，現在奇怪的人很多，我是看你帶小孩才敢載你。」

我們一起笑到連窗外都能聽見聲音，奇怪的是你沒反應，一直緊貼在我懷裡，也沒主動和坐在後座的大哥哥聊天，完全沒有平常活潑的樣子。

下車後我們步行回去，你在路上問我：「爸爸，為什麼要搭陌生壞人的車子？」我說不是所有陌生人都是壞人，你不相信我說的話。

我猜是學校老師或卡通叫你不要接近陌生人，但語言解釋無法輕易改變一個人的世界觀，最好的改變叫行動，行動是最好的語言。

結束兩星期的旅程，開車回台北的路上，我告訴自己要帶你認識更多「壞人」，遇見不一樣的陌生人，希望讓你知道陌生人有很多種，而我選擇相信好人多過於真正的壞人。

我們在車上聊天。

「在學校上課和在外面攔車子，哪個比較好玩？」

「我覺得上課比較輕鬆，我想同學了……」

探索世界的熱情，比成績重要

我又向幼兒園老師請假，帶你去花蓮看海。

火車上老師傳訊說你跟班上同學的進度落差很大，頓時想起同學笑你是笨蛋考試考零分，雖然一下難過，一下沒事，但被取笑的人不可能沒事，只會假裝沒事。

你把座位當桌子專注玩樂高，一道陽光照射在背上，我上前親吻你的臉頰，指著作品認真讚美，你自信滿滿的微笑並熱情解釋火箭飛船設計原理。

火車穿越山洞，順便穿越記憶，前幾年我出書很在意銷量，擔憂作品賣不動，和其他暢銷書的銷售量落差大，看到厲害的作者，認為自己能力不如人，心情跟著變差，不喜歡出門也沒創作動力。

原以為離開職場不用被比較，結果最愛比較的人是自己。

那段時間什麼都不想做，也做不了什麼，便開始健行爬山，換不同風景看一看，流汗後心情跟著放鬆，爬山的頻率不穩定，有時一星期兩三次或者兩三個月一次，現在依然會去爬，喜歡從登山口走到山頂，享受風景落差很大的畫面。

「我」和「山」兩者落差巨大，站在它下方我不難過，懷抱可以看風景，爬山一定會流汗的平常心前進，雖然辛苦但滿足。

海洋比我寬廣、天空比我高大，站在它們面前僅是欣賞與讚美。

我和厲害的作者，站在他下方，為何沒有和爬山一樣的正面感受，反而止住腳步站在原地？

我喜歡帶你一起看山、看海、看天空，因為站在大自然面前可以學習謙卑，懂得欣賞比自己厲害的人事物。

住在花蓮的背包客棧，你不想待在房間，一個人跑去大廳找桌遊，主動邀請陌生人一起玩，對員工或旅人好奇攀談。

我和你也有落差，除了年紀與身高，好奇心、探索世界的熱情、笑聲，我全部輸給你。

將來你認為自己比人差，可以動手玩一個「大地遊戲」。

第一關，把厲害的人找出來，視對方為一座高山認真欣賞；第二關，找出對方的優點，全部列出來；第三關，找出自身的優點，這是最難的一關，需要添加一點自信才辦得到；第四關，行動，先幫自己取一個行動代號，再寫信請教厲害的高山，如何培養優點，以及找到一個可以發揮優點的舞台。

如果玩遊戲還是沒幫助，那就約我去旅行，我們一起搭火車去花蓮看海，我說一位小男孩被同學笑是笨蛋，最後當上火箭飛船船長的故事。

續。搭便車之旅（上）

距離「偽搭便車之旅」已半年，這段時間你適應了原本的不適應，不再抗拒上學，每天放學和睡覺前父子談心，你的不開心大多來自交朋友，誰誰誰不理你不和你玩，過幾天又開心和誰誰誰又是好朋友。

雖然沒提到「現在不想上學」，但會說「何時可以不上學」？從肯定句變成疑問句。

我提議上學一段時間就出門冒險，像上次一樣挑戰搭便車，你隨即附議。

「好，挑戰成功可以請我吃冰嗎？」

這次要真搭便車之旅，不開車子，只有背包、紙板與孩子。

◆

提早接你放學回家丟書包拿行李，你的背包裝玩具和食物，我的背包裝衣物，幾套衣服和褲子。看起來不重，變成行李揹起來特別扎實，眼睛果然無法看出真正的輕重，肩膀才可以。

來到木柵站捷運站附近攔車但沒成功，改搭公車到深坑，等了二十多分鐘沒攔到車，你被蚊子部隊叮上，不耐煩吵著要離開。

這時一台貨車停在眼前，司機大叔搖下車窗，咬著檳榔。

「你要去哪裡？」

「礁溪。」

「上來吧，我要去花蓮順路！」

上車後有檳榔大叔和他的太太，檳榔大叔非常健談，我們一路聊到礁溪，他之所以載陌生人就是因為台灣缺少人情味，只要看到有人在攔車或旅人，都會主動問對方是否要搭車。

車上聊著檳榔文化，他順手遞了一粒檳榔過來說：「你們寫書的人，要多體驗人生。」

於是我吃了人生中第二粒檳榔，因為不習慣味道，咬了幾口就吐出來。

抵達礁溪已黃昏，檳榔大叔堅持要放我們在車潮多的地方下車，怕攔不到車，我揮手道別後拿手機找旅舍，先休息再說。

◆

早上礁溪大雨，在房間等到十一點雨才停，你在看卡通不捨離去，我拉你退房去路口攔車，等了十分鐘沒車，你叫我搭公車，碰巧一台公車小巴司機對我比了一個大拇指，我們直接上車，小巴開往礁溪火車站，沒攔到車至少有備案。

火車站路口要攔車時，抬頭看天空飄雨，低頭看，是你不想無止盡等待的表情，我一個轉身去買火車票，很幸運有座位，十分鐘後發車，去超商補充完零食，準時上車。

火車上我問你喜歡搭什麼車？

「高鐵。」

你抵擋不住舒服冷氣，轉眼間睡著，一個半小時抵達花蓮車站，離旅舍還有一段距離所以開始攔車，十分鐘後沒車換下一個路口，接著攔到一位年輕媽媽，原本在後座的爸爸讓位給我們，你專注看著安全座椅內一歲多女嬰的眼睛，當成未知生物在觀察。

年輕媽媽住花蓮，並說花蓮市區很少有人路邊攔車，單純好奇載上我們，還問我自己一個人帶小孩出來，媽媽不會擔心嗎？

「會吧，但只會擔心五分鐘。」

「也是，如果老公把小孩帶出門，我會開心死。」（副駕駛上的老公無聲中）

下車後，我猜年輕媽媽會問老公什麼時候要帶小孩出走？

我們到超市買汽水，慶祝波折的一天。

續。搭便車之旅（下）

前往台東路上，你問我為什麼幼兒園的同學不一起環島。我說，同學的爸爸媽媽要工作賺錢，暫時沒時間帶小孩環島。

你追問我為什麼不用工作賺錢，我當然要工作，只是型態和時間和上班族不一樣，你不打算放過我。

「那你可以永遠不工作，一直帶我出來玩嗎？」

我可以常常帶你出來玩，無法永遠不工作，因為我太喜歡這份工作，花了好多時間才找到，如果沒意外，我一輩子都會從事這工作。

認真玩和認真工作哪個重要？一樣重要。

出了太麻里火車站，整條大路沒車沒人，你走在人行步道哼歌，蹲下來欣賞石頭縫隙間的小花朵，手指觸摸不認識的東西，鼻子大力吸新鮮空氣。

你正在認真生活，只是你不曉得。

◆

太麻里早晨幽靜，天空飄烏雲，不時有雞有狗的叫聲，這座小城像熟睡的孩子，安靜迷人。

退房後我們步行至台九線，前幾天攔車不順利改搭火車，給了自己一條退路，變得容易放棄，尤其一次又一次被駕駛拒絕，內心浮現「明明搭火車比較快，幹嘛折磨自己與孩子」？

台九線上的車子特別快，所以選了一個紅綠燈口，紅燈舉牌，綠燈收牌，一個紅燈亮起，排在最前面方的貨車駕駛在車窗內招手，問我們要去哪？

我也不知道要去哪，反問對方要去哪？

「高雄。」

再十秒變綠燈，我用一秒做決定，花九秒鐘把行李扛上車，你匆忙跟上，關上車門剛好變綠燈，然後直達高雄。

這是攔車以來最順利的一次，從旅舍到上車，僅花五分鐘。

司機大哥已當阿公，話不多但沿途介紹路過的地名，是一位很酷的臨時導遊，他聽到你在向我要手機，脫口而出：「弟弟啊，應該多看看眼前美麗的風景。」

你馬上糾正：「我不是弟弟，我是哥哥！」

◆

高雄是最後一站，過兩天就是除夕，再不回家就要被罵了，這次環半島，另一半留給下次。

半年前你問：「為什麼要搭陌生壞人的車子？」沒錯，我們攔到幾個駕駛看似壞人臉還嚼檳榔，他們卻都停車幫助陌生人，擔心我們遇到壞人。

你對攔便車的行為感到驕傲又有趣，每次都搶先一步拿牌子攔車，要比我厲害。

曾經在路邊攔不到車，你質疑為什麼要這麼做，現在找到一個意義，確切來說是創造出屬於自己的意義。

未來，你會一次又一次對人生提出質疑，站在原地思索意義會徒勞無功，因為「意義」既調皮又愛往外跑，出門才會找到，如果還是找不到，那就自己創造。

創造意義，意義創造你。

四國遍路（上）

「一段旅程印象最深的事？」

演講分享旅行故事時，聽眾最常問這難題，因為有太多故事可以說，不知從何說起，若改成「印象中最困難的事」，我會說「出發」。

唯有出發，才會克服出發。

搭便車環島前，花了好多時間煩惱、掙扎與猶豫，這些過程最後有幫助我嗎，答案是沒有，所以決定把時間省下來，接棒下一個挑戰，出發日本四國遍路。

對你而言，出國是和爸爸搭飛機旅行，對我是陌生語言、環境與孩子不確定性的挑戰，出發前做功課，了解日本搭便車的成功機率、規劃路線、等媽媽點頭答應，她要放手我才可以下手訂機票。

訂好機票代表已經出發，所謂的旅程，是從下定決心、訂完機票當天開始算起。

搭機日，媽媽緊緊抱住你並親吻臉頰，叮嚀我要按時視訊，不要隨便亂吃，要注意安全。

十四天，是旅行半個月，是想念二十四分之一年。

晚上七點抵達日本高松機場，大家說的話你聽不懂，於是問我：

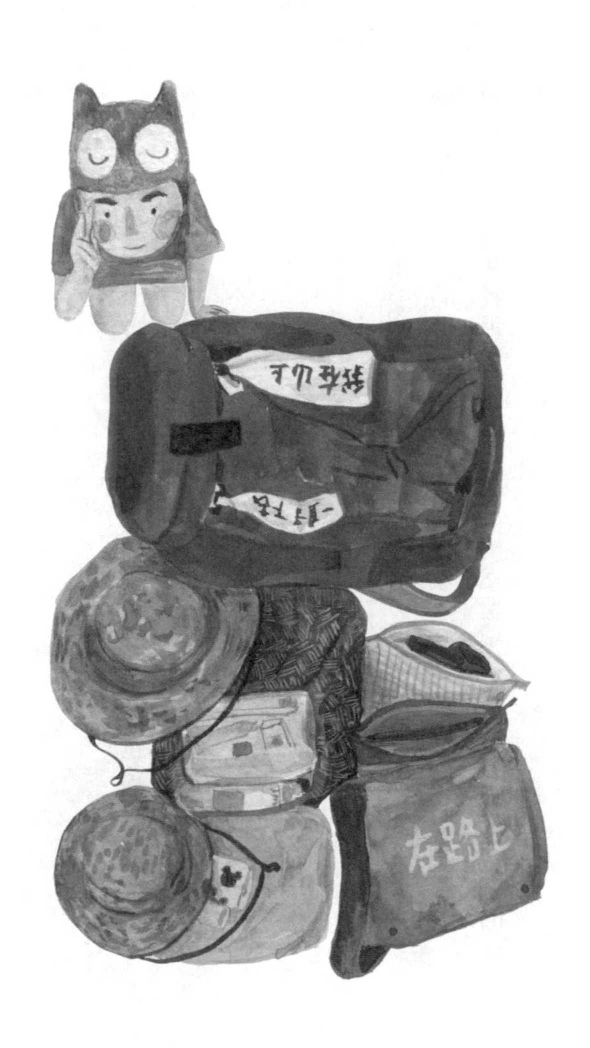
在路上

「爸爸，為什麼他們不會說台灣話？為什麼我都聽不懂他們在講什麼？」

上完廁所要搭巴士去市區，車上你接著發問：「爸爸，為什麼這裡的馬桶會唱歌？」

◆

我們搭電車與徒步，參拜第一間寺廟，你不斷地問為什麼要去寺廟？想去更好玩的地方。卻沒喊累或想家，我們在街道散步，我跟著地圖走，你跟著我走，父子走走停停觀察新環境，好奇心就是我們的導遊。

來到第二間寺廟，買了兩件遍路白衣，你穿上後成為焦點，路人會向你微笑和打招呼，即使聽不懂對方的語言，還是可以聽出善意。

為了慶祝好的開始，晚上我們吃燒烤，讓你有動力走明天的路。

燒烤店員工說日語，你疑惑為什麼他們不去學中文，這樣你就聽得懂。

「爸爸，好吃的日語怎麼說？」

「喔伊細！」你立馬大喊。

「爸爸，那不好吃的日語要怎麼說？」

我不知道，也不敢教你。

◆

德島市中心的街道上沒有擁擠人群，汽車駕駛優先禮讓行人，牽著你過馬路特別安心，巷弄裡有個性的房子、居民生活的表情、被飛吹落的櫻花，是城市裡的冷門景點。

一個修理販賣機的人、一個在廚房料理的人、一隻在休息的鴿子，在你眼中是熱門景點。

你最喜愛的兩個景點，第一個是便利商店，裡面全是沒看過的零食飲料，你跑我追，怕你直接把糖果包裝打開吃，導致我們常常在景點爭執，為何我可以買好幾樣，你只能買一樣？為何我買的比較大包，你的比較小包？

最後我認輸，讓你多買一些，你以勝利者姿態走出商店。

第二個是公園，你有老鷹眼睛可以找到公園，只要看到就不放過，非玩上一會才肯走，然後把所有遊樂器材都玩過，玩到變高手。

也因此有時候為了趕時間，我會先做功課，刻意避開公園，增加我們和平相處的機會。

四國遍路（中）

在德島閒晃了一天，今日計畫搭便車去第三間寺廟，走了一公里左右突然下雨，我們蹲在騎樓下吃早餐，找了幾個路口攔車，但車潮過快，只好改搭火車。

到了寺廟依然下著小雨，又步行一公里後，你搖頭說不想再去寺廟了，覺得一點也不好玩，怎麼勸也勸不動，只能改變計畫搭火車去旅舍。

火車站你和一群青少年玩起來，他們說日文，你說中文，對方努力擠出幾句中文，還拿手機翻譯，可惜列車進站，目送他們上車離開後你說：「他們為什麼不搬來台灣住，這樣就會說台灣話了！」

「你想住日本嗎？」我反問。

「不要，我要住台灣。」

火車、步行、火車、步行，你不喜歡單調的反覆，幸好已經到最後一站「宍喰車站」，一場暴雨瞬間而來，車站又沒公車到旅舍，此刻旅舍老闆主動傳訊要開車接送，解救了我們。

我問老闆附近方便攔便車嗎？他竟然說：「你看起來很像日本人，可能不好攔車，如果你是女生就好了。」

我有一個不好的預感湧上心頭。

睡前，我找你討論去寺廟的動力。

「不如這樣，每去一間寺廟就可以獲得一顆扭蛋。」

「好，我要去一百間寺廟！」你激昂表示。

◆

到日本好幾天都沒攔車，有點不甘心。

旅舍旁就是大馬路，我拿出畫紙寫下目的地，像戰士跨出步伐並舉起武器攔車，等了半小時沒攔到，和老闆說的一樣困難，可是遇到一位可愛的老爺爺，特地停車向我道歉，無法載我們感到不好意思。

我們瀟灑揹起背包去車站，路上看到幾位長者，以及整排房子的破舊招牌與生鏽鐵拉門，毫無生氣。

接著火車轉公車，共花了五個半小時在大量移動，過去一個人旅行也是花時間移動與等待，現在多了一位未成年旅伴，幫我分擔等待的無聊，除了睡著，眼睛睜開的時間一定找我聊天。

我的孤僻性格是一個洞，你拿泥土填補，最後放上花朵與灑水，許下承諾會好好照顧。

這次出來旅行，我在你身上看到愛因斯坦的影子，他曾說：「想像力比知識更重要，因為知識是有限的，而想像力是無限。」

我用眼睛看世界，你用想像力讀世界。

◆

參觀高知城

「爸爸，這裡以前住什麼人？」

「國王。」

「什麼是國王？」

「就是工作很忙也很喜歡吃的人。」

「什麼，這樣我也可以當國王啦，我這麼會吃！」

麵包超人

「爸爸，我們去買麵包好不好？」

「你肚子餓了？」

「其實是我想要麵包超人。」

在餐廳吃飯

「爸爸，這裡的人認識我嗎？」

「應該不認識吧。」

「為什麼他們一直對我微笑？」

努力用破日語結帳時

「爸爸，他們知道我們是台灣人嗎？」

「他們知道我們一定不是日本人。」

看到漂亮房子

「爸爸，為什麼這裡的房子比台灣好看？」

「這是一個很長的故事。」

經過一所幼稚園

「爸爸，我有點想念學校同學了。」

「你想回家上學了嗎？」

「沒有，可以叫他們來日本找我玩嗎？」

四國遍路（下）

今晚的旅舍像哆啦 A 夢和大雄家，一時興起跑去買食材下廚，乾煎豬肉配飯糰，我吃生魚片配啤酒，日本超市很好買，順便買了一堆零食。

旅舍老闆問我孩子的媽媽在哪裡，我們單飛不解散，媽媽在台灣旅行，父子來日本旅行。

替你準備晚餐、玩樂、洗澡、哄睡，所有育兒事項辦妥，我找機會偷爬到客廳休息，可是體力所剩不多，真心佩服獨自照顧小孩的單親父母，沒有隊友一起幫忙分擔家事，一肩獨扛，遲早五十肩。

電視節目都是日語，頻道不多，混沒多久我也跟著入睡。

◆

育兒專家說不要用物質報酬來獎勵孩子，我也不喜歡一直花錢買玩具，但送玩具是一種很厲害的法術，能讓孩子聽話，比愛的教育或教養聖經更見效。

我蒐集寺廟，你蒐集扭蛋，我們徒步數公里參拜寺廟，每走一間寺廟，你都說接下來還可以走一百間寺廟。

你的旅行目標清晰明確，而我的目標在哪裡，走完寺廟又想獲得什麼？

◆

網友知道我們在日本四國，紛紛推薦必去的景點，其中有人提到「金刀比羅宮」值得一去，前提是要爬山走階梯，比之前走的寺廟還辛苦。

我找你促膝長談。

「你想爬山嗎？」

「不想。」

「上面有很厲害的東西喔！」

「是什麼？你先說。」

「你的愛人，草莓冰。」（遞照片）

「走吧，現在就去爬山吧！」

你是我生命中遇過最好約的旅伴，沒有之一。

◆

旅程的第十二天，後天我們就要結束行程。一台便車都沒攔到、火車搭了數十趟、腳步走了數十公里、寺廟參拜八間，雖然搭便車挑戰失數，寺廟參拜數量不多，沒感到失落，反而踏實。放在心中數年的念頭被實踐，還是父子合力完成。

感覺像贏了場拔河賽，我們的隊名是「父子」，對手是「未來」。我是隊長喊口號，你跟著口號出力，一步步合作，把對手拉過來。

我希望，能夠這樣合力下去，等到我體力衰退再交換，你當隊長，我當隊員聽你喊口號。

◆

最後一晚住高松市，我去超市買菜挑戰壽喜燒，舉辦慶功宴，事先問媽媽怎麼料理，她說：「你就去超市拿牛油，再把洋蔥炒一下，然後把壽喜燒醬倒進去，最後放食材。」

到了超市看見琳瑯滿目的食材，一時慌了手腳，隨意選了食材結帳。走到一半，發現竟然忘了拿牛油買洋蔥，拎著懊悔與袋子自言自語，你還補了一句：「每次都忘東忘西。」

我站在廚房思考人生，為什麼不去外面吃？為什麼菜錢這麼貴？沒有牛油和洋蔥，煮出來好吃嗎？

一邊想一邊煮，簡易壽喜燒就煮好了，端了一碗給你吃，幸好沒把菜吐出來，勉強過關。

這是我第一次煮壽喜燒給你吃，下次我會記得拿牛油、買洋蔥。

◆

學日文

「你想學日文嗎？」我問。

「不想，我只要當日本人就會說日文了。」

說中文

「爸爸，為什麼日本人不會說中文？」
「因為人家喜歡說日文。」
「那他們可以來當台灣人啊，這樣他們就會說中文。」
「嗯……」（雙手插胸認真思考）

和媽媽視訊

「寶貝，你有想媽媽嗎？」
「當然有啊！」

「那你要不要快點回來陪媽媽。」

「不要，我不想回家。」

請假

「爸爸，我回台灣可以請假嗎？」

「你為什麼想請假？」

「因為我想好好休息一下，這樣我才有體力上學。」

回家後

現實重拳

回國隔天上學，你說要去台灣的寺廟，這樣就可以獲得扭蛋，我嘴巴說好，心底知道旅程告一段落，要好好收心和收行李，在家整理統計支出、整理票根時，我時空旅行一趟，在記憶點之間跳躍，對時間的感受是片斷不連續，雖然不完整卻非常真實。

旅行的好處是只要花錢走一次，可以大腦免費續趟無限次。

媽媽在廚房專心剝蝦子，準備真正的慶功宴，我隨口問她：「我想去京都學一個月的日文，妳覺得怎麼樣？」

「你可不可以不要這麼浪漫？整天想旅行。」

熟悉的聲音又回來，確定到家了，我立刻關掉時光機，打開電腦認真工作，五分鐘後不自主打開 Google 地圖，滑鼠上的滾輪來回旋轉，我的心思被游標引領，有一股不知名力量控制我。

拿到信用卡、水電、學費帳單，一個現實重拳擊退不知名力量。

改變

飛機上，你聽見小嬰兒的哭聲故意模仿，你第一次搭飛機也是小嬰兒，不在乎別人怎麼想，想哭就哭，想笑就笑。

現在會安靜坐好，聽從指示服從規則，不隨便哭鬧。你懂事聽話，變得和以前不一樣。代表我們分開生活的日子，變得更近。

影子的寬度

我們在路上玩踩影子，比看誰的影子高。手牽手的時候，影子連在一起。

我的影子，被你拓寬。

有用的人

搭飛機，你倒在我懷裡睡著；
搭火車，你靠在我肩膀睡著；
搭公車，你趴在我腿上睡著；
你的依賴，讓我發現自己是有用的人。

拉著我

人多、車多、黑暗多的地方，你喜歡拉著我。
你拉著我，是為了保護我。

忘記

幾歲搭飛機、去過的國家與城市、旅舍的名字、自己做過的事。

你會忘記一切，我會記得一切。

時區

你出現後，時間有了區別，我們「在一起」與「不在一起」，兩種時區。

前者有限，後者無限。

我要在有限的時區裡，認真和你在一起。

錯字

你遞給我一個橡皮擦，叫我把紙上的錯字擦掉。
錯字是——「只想一個人旅行」。

打倒會吃人的手機怪獸

第一次帶你搭捷運，好奇的趴在窗戶拍打，渴望在車廂散步和抓手環，還問我為什麼不能按列車呼叫鈴？

怕你吵鬧打擾別人，我會塞手機好讓你安靜，可是我發現你開始對窗外世界不感興趣，失去探索的熱情，被困在安靜裡。

漸漸的你習慣玩手機，不給就生氣，我後悔用手機餵你，養出一隻手機怪獸。

有次在車廂上看到一位媽媽唸童書給孩子聽，我恍然大悟，為何不帶你喜歡的玩具出門啊，之後出門搭長途車，我會隨手帶玩具或畫筆，讓好奇的你有事做，除了戒掉給你手機的習慣，我也戒掉滑手機的壞習慣。

手機是現代魔戒，人人都渴望它。（至於什麼是魔戒，等你長大看電影就知道。）

剛開始你抗拒，依舊向我要手機，我說手機被螞蟻偷偷搬走了，加上誇張表情，你驚訝地接受，相信螞蟻勝過相信父母。

幾年下來，搭捷運或公車我習慣拿出畫筆和畫本，你變成畫家，可以即興作畫，周圍的一切都是你的素材，順便創造故事，把空白畫本變繪本故事書，還會說故事給我聽。

假如我習慣性拿出手機，你會變成什麼樣子？

可能養出一隻飢餓的手機怪獸，它專吃時間，你的、我的、一家人的相處時間全都吃光，剝奪我和你的親子關係，甚至吃掉主人。

我希望你的童年回憶裝的是自己創造的美好繪本故事，不是一個小孩被手機怪獸吃掉的故事。

再者，一輩子只有一次童年，你把如此珍貴的童年交給我，當然要珍惜使用，我要用在陪伴，讓陪伴經驗永遠跟著你。

我的父母陪伴經驗跟不上我，還越走越遠，跟著我的都是孤寂和失落，跟久成為影子的一部分。

這影子怕無聊又調皮，經常找我玩，喔不，是玩我，喜歡看到我可憐以及被整很慘的模樣，若責罵阻止它，立刻生氣哭給我看，把痛苦加倍奉還。

我特地跑去問你該如何與影子相處？

「我不喜歡影子一直跟著我。」

雖然我和你一樣不喜歡被孤寂影子跟著，但從另一個角度來看，就因為相處過，必須獨立，所以才能一個人出走看世界，長時間與孤寂獨處。

孤獨成為我，也成就我。

許多人都問我長途旅行不會想家嗎？我自認不會，沒有家的人何來想家。

有一天，孤寂影子終於不再找我並漸漸遠離我，這次換陪伴經驗跟上我的腳步，到底發生什麼事？

一切都是因為你。

當我付出時間陪伴你，你也付出時間陪伴我。

陪我吃飯、睡覺起床、爬山、看電影、搭火車與飛機、攔便車、冒險、闖禍一起被媽媽罵，陪我好奇，陪著我一天接著一天變老。

「陪伴」跳入我的影子裡，遇到「孤寂」請它吃冰淇淋，成為好朋友。

你是兒子，是朋友，是戰友。來吧，我們一起合作打怪，打倒會吃人的手機怪獸。

改變世界，不需要等到長大

今天到新竹和國小五年級的大哥哥演講，去之前很緊張，這是我第一次向小聽眾演講，怕大家睡著，覺得台上的叔叔好無趣。

所以花了兩天蒐集資料，先了解十一歲的人喜歡什麼事物，再準備年紀相仿的熱情生命故事，讓他們相信自己的年齡足夠翻轉世界。

台灣十歲男孩吳比，奪寶可夢世界冠軍，他沒有因為玩電動而荒廢學業，反而受到國際賽事的激勵，更加努力學習英文，成績也扶搖直上，他說：「玩電玩的孩子並不會變壞。」

一樣出生台灣十二歲的張道順，是一個中重度聽障兒，曾經被人嘲笑，但從事魔術工作的爸爸帶領他學習魔術，讓他慢慢從掌聲中建立了自信，之後很喜歡魔術能帶給人歡笑與快樂，最後獲得世界兒童魔術大賽冠軍。

來自加拿大十二歲的柯柏格，一天正在看報紙的漫畫，然後讀到一則巴基斯坦男孩四歲就被賣為童工的悲慘故事，他沒想到世界另一頭竟有人和自己的生命差距如此大。

在母親的鼓勵下，他到圖書館找資料，也在學校向同學演說，立刻湊了十幾個人共同成立「解放兒童」組織，希望能解放因為戰爭、貧窮而失學的孩子們。

「不要一直聽別人說你還小，你不會太小，每個人都可以做一些事。」柯柏格說。

現在解放兒童基金會在世界各貧荒地區幫助修建三七五所學校，每天都有三萬多個小孩因此可以上學，還散發保健用品到四十個落後國家給五十多萬人、十七萬五千所學校，幫助貧家兩萬多人生計，好讓孩子們能受教育，健康成長。*

沒錯，不用等到老師問「長大後想做什麼」，而是「現在你要做什麼」？

所以我問自己：「六歲的小孩有能力改變世界嗎？」

現在的答案是肯定可以，沒有絲毫猶豫。

但演講的時候，我問台下的大哥哥，相信自己可以改變世界嗎？「當然不行，我年紀這麼小。」大家疑惑的說。

所以除了分享熱情孩子的故事，你的故事也在其中。

我說你很厲害，總是能幫爸爸攔到便車、比我早一步爬到山頂、比我快樂與熱情、你提出的生命問題總是能把我考倒。

我又問大哥哥：「你們的爸爸媽媽過得快樂嗎？」好多人都笑著搖頭。之所以這樣問，因為快樂的父母可以把快樂傳給孩子，反之，

＊文章來源《天下雜誌》384 期，〈加拿大青年柯柏格　改變世界不必我長大！〉撰文／楊淑娟。

不快樂也會傳給小孩。

如果遇到父母不快樂，可以試著幫助他們，每個人都可以做一些事，然後把快樂傳給父母。

你有用不完的快樂，所以經常把快樂傳遞給我。

這次演講收穫良多，看著台下的大哥哥，就像看到你會疑惑自己能改變世界嗎？我會用堅定的眼神說當然可以，你已經到了可以改變世界的年紀，我要做的是協助與支持，避免懷疑和阻止。

世界是留給有想像力和行動力的人去改變，不是留給年紀比較大的人。

生氣是烏雲，吵架是雷電

我們一家人最常做的事是一起吃飯、賴床、旅行、看電視，以及吵架。

只要有人生氣，頭上就會出現一朵烏雲，然後漸漸飄到家人頭上，當全家人烏雲籠罩，轟隆隆的吵架雷聲隨之出現。

最嚴重的一次是在你五歲的夏天。

媽媽習慣下午去健身房運動，下課後接力超市買菜，回到家提著大包小包衝進廚房和時間賽跑，深怕父子餓到。

賽跑過程中，她頭上會出現一朵烏雲，廚房太悶熱、某道菜料理失敗、你跑去煩她，這朵烏雲會越來越黑，如果菜全上桌，突然有人說肚子不餓，氣氛瞬間凝重。

一個晚上，你碗裡還剩一堆飯菜，我坐在餐桌督促，因為不耐煩加上有點疲倦在滑手機提神，不料被從廚房出來的媽媽撞見，她頭上那朵烏雲瞬間射出一道閃電。

「滑手機滑得很爽喔？」

我們開始爭論誰比較累，互相評批，火藥味濃厚，你嚇傻的表情不敢亂動，乖乖把飯吃完，我們首次在你面前吵架。

一個小時後，等你洗完澡上床，我情緒冷靜後打算找媽媽道歉，但她突然消失在家中。

傳訊和打電話都沒回應，我十分心急，開始懺悔不應該口氣這麼差，明明知道她很辛苦也受委屈，可是當下就是忍不住氣，為何要把氣出在我頭上，全世界又不只有妳有委屈。

我停止思考誰比較委屈，只想立刻找到媽媽。

半小時過後媽媽回到家裡直接進書房，我尾隨進去主動道歉，我像是在告解室和女神父懺悔，請求原諒，很幸運的是她接受道歉。

隔日中午我和媽媽在餐桌前理性討論昨日冷戰。

「當妳生氣時，我可以怎麼做？」

「我就是覺得很煩，廚房又熱，就是想抱怨，讓我罵幾句不行嗎？」

「我也不喜歡被罵，還是當妳煩躁時，自己去客廳獨處吹冷氣？」

「不要，我就是想罵你。」

日後只要媽媽在廚房煮菜，我會立刻開冷氣與搬電風扇，降低廚房熱度，避免引燃吵架的導火線。

◆

我和你偶爾也會大吵架，為的是吃糖果、寫功課、買玩具之類的事，父子頭上都有烏雲與閃電，有了和媽媽吵架的經驗，吵完後我找你一起討論。

「當你生氣時，我可以怎麼做？」

「給我吃甜的。」你開心的說。

生活中遇到真正的烏雲，一般人都知道如何面對，站在烏雲下大罵，為何要打雷下雨讓我全身淋濕，對烏雲生氣可以把它趕走嗎？

我猜趕不走，還會加速感冒。

乖乖準備雨具，自然地等待下雨開傘，運氣不好沒準備就全身淋濕，回家沖舒服的熱水澡。

遇到情緒的烏雲，同樣要停止對它發脾氣，避免衝突，可以有所準備雨天一起撐傘，不准有人被孤單雨淋濕。

一起打倒愛生氣的怪物

晚餐後的餐廳地板全是你掉落的飯粒和菜渣，然後一副漫不經心的態度，被我狠狠罵了一頓，事後認為口氣有點重，睡前我主動道歉。

數日後回想起自己犯錯時被責罵的場景，情緒是難受的，心想為何沒有人願意溫柔的抱著我說沒關係，我相信你不是故意的。

所以我要好好向你道歉三次。

第一次道歉，這些年來你犯錯時，我都是立刻制止、開始責罵，有時還不給你機會反駁，甚至說「不停止就沒有什麼」的威脅字眼。

我自認許多事情說了好幾百次，你就是講不聽也不改，最後只能用終極手段的父母權威來喝止。

你哭泣與憤怒，雖然過了一段時間我們和好，你依然有笑容，但這段經歷已永遠存放在回憶裡，直到某天難過時被讀出，影響你日後生活。

你一定記得有次從冰箱拿蘋果，一個不小心摔在地下，你撿起後說沒事看起來還很漂亮，當我把皮削掉後，你問我為什麼會有黑黑的部分？

這黑黑的就是傷，外表看似無傷，其實深受內傷，這種看不見的內傷最難纏。

以前我曾經被阿嬤打，一度以為阿嬤討厭我所以才打我，曾經因為好奇做錯事被教訓得很慘，這記憶尾隨著我二十幾年，導致長大後害怕犯錯、壓抑好奇心、缺少一份自信心。

最糟糕的是怨恨與怪罪，把自己推向極端邊緣。

我不想你心底有黑黑的內傷。

第二次道歉，目前台灣的教育環境害怕犯錯，如果你考試成績差、過度有好奇心又不聽話，肯定有苦日子；即使你成績好又聽話，可能會因為一次成績沒考好被老師罵，日子不一定甜美。

老師都喜歡聽話的學生，因為順從的人有如香甜果實，深受歡迎。

叛逆學生像又酸又苦的果實，不對的老師會當成惡魔果實，遇到對的老師會把果實拿去烘培，變成特殊風味的咖啡豆。

假如叛逆的你遇到不對的老師，你要做的不是把自己變甜瓜，而是要去找烘豆師，順著本性去發展。

第三次道歉，職場的社會環境更忌諱犯錯，犯錯只會挨罵，爸爸以前當業務，剛進公司不到半年就被公司老客戶說要換人，對方覺得我能力不足，幸好遇到一位不怕犯錯的主管，當下沒有換掉我，還鼓勵我加把勁就好。

然而不是所有職場人都會遇到好主管，大多數的主管都愛罵人，因為他們以前也是被罵過來的。

職場前輩曾傳授我「主管罵人是關心你，如果不罵就代表放棄你了」，當時糊裡糊塗的接受。

說了這麼多，你一定覺得這個世界的大人愛生氣、既無趣又膽小怕犯錯。

沒錯，現在的世界已經被大人玩壞，接下來要靠你們修補，別把罵人當成關心人的合理化藉口，已有腦神經學家指出人會「越罵越笨」。

反過來想，越不罵越不笨，是變聰明的好辦法。

即使全地球的人都阻止你犯錯，但請記得，你還有我，你加我就是一個宇宙，父子宇宙。

我們合體可以打倒地球上所有愛生氣怪物。

自由是一種很奇怪的寄生蟲

黃昏接你放學，我看天氣涼爽沒有回家，騎機車載你去兜風，吹著夏夜晚風，在附近一帶的山路閒晃。遇到上下坡你當雲霄飛車催促我加速，我當然沒照做，僅是搭配誇張聲音假裝刺激，我尖叫你尖叫。

你丟出一堆奇怪問題，這裡以前是火山嗎？為什麼山上這麼黑？經過豪宅，問我為什麼不買這裡？

我隨便騎車亂繞，接著繞到一座公園，你看到大喊要玩，玩了半小時之後又說要去剛剛上上下下的地方，我又折回去帶你繞啊繞，路上你深情告白。

「爸爸，出來比較好玩，在家不好玩。」
「家裡很多玩具啊！」
「你不懂，外面比較舒服。」
「那你的玩具還要嗎？」
「當然要，我可以帶出來外面玩。」

於是我想起去世的阿公（你的曾祖父）第一次騎野狼載我去市場買菜，我坐在前面吹風，轉頭看見阿公認真騎車的酷表情，羨慕大人可以騎機車想去哪就去哪，悠遊自在。

長大後才知道擁有機車不代表擁有自由，就算騎三天三夜也抵達不了自由。

自由是一種很奇怪的寄生蟲，喜歡依附在「被困住的人」身上，在學校、職場、年紀、愛情與家庭裡面都能找到受困者，我是自由寄生蟲的宿主之一。

遇見你是一件很幸福的事，但幸福的人還是會貪圖自由，特別是自由過的人。

你出生後，我和媽媽都是自由業，待在家全心照顧你，待久就被鎖住，好像有了你之後哪裡都不能去，失去自由的自由業。

以為是被反鎖，沒想到是自己上鎖。

「沒有小孩的人會比較自由嗎？」我認真思考，沒想出答案。

你打亂我的自由，順便打醒我。

叫我要經常騎機車出門去兜風，把漫無目的變成一種目的，把熟悉的城市玩到像初次認識，這樣的自由是真本事。

三十年後，若你的生活被綁架失去自由，可以想起我們父子騎車去兜風，在山路坐雲霄飛車，一起漫無目的尖叫。

笨蛋與聰明

「爸爸，我覺得自己好笨是笨蛋，什麼都學不會。」

「我告訴你一個秘密，聰明人都說自己是笨蛋，笨蛋都說自己是聰明人。」

「騙人！」

「真的，不信你去問媽媽，她常常說自己是笨蛋。」

立刻轉頭去找人，「媽媽，爸爸說妳是笨蛋！」

「沒錯，我就是笨，才嫁給一個背包客。」

兒子啊，其實我也經歷過「覺得自己好笨」的時光，學生時期課文怎麼背就是忘記，遇到數學題目腦袋就打結，看到優秀同學充滿自信的樣子，覺得自己好笨。

出社會工作時期，怎麼努力就是無法提升業績，職場人際互動疏離，專業知識比同事差，看到優秀前輩快速處理問題，覺得自己好笨。

尤其做錯一件事情後，被親人、老師或主管狠狠指責是笨蛋，除了懷疑自我，還接受自己離聰明好遙遠，永遠不可能成為聰明人。

那段時間我是一個不快樂的笨蛋。

接著說一個「蜘蛛與月亮」的故事。

來自不同地方的三隻蜘蛛，小蛛、中蛛、大蛛正在找尋新家，碰巧全部看上一棵在湖邊的樹，牠們都想生活在樹上，可是一棵樹只能住一隻蜘蛛，其中一隻蜘蛛提議來比賽，看誰先織網捕到月亮，誰就能生活在這棵樹上。

小蛛說月亮又高又遙遠，怎麼可能捕到？別傻了，還是聰明一點，別浪費力氣與時間，轉頭去找旁邊的小樹枝生活。

中蛛覺得有可能捕得到，便開始吐絲織網，織了數個星期覺得太累，心想織的網子這麼小，依照這速度一輩子也織不到，所以中途放棄去找別根樹枝生活。

大蛛認為一定捕得到，吐絲織網數個月，住在隔壁的小、中蛛笑大蛛是笨蛋，絕對無法捕到，還距離月亮這麼遠，大蛛沒理會，快樂

的吐絲織網，相信自己可以做到。

一年過去，網子終於織到一層樓的高度，小、中蛛說浪費了大半生命，到頭來還是沒捕到月亮。

直到深夜，大蛛把小、中蛛叫醒，叫牠們站在網子上方往湖面方向看，此時網子中間出現一粒大大月亮，畫面拉遠是一面網子捕捉到月亮。

要是人生可以重來，我仍然會當笨蛋，這就是我本來的樣子，少一些懷疑，多一些相信，給自己有選擇的機會，選擇去當一個快樂的笨蛋。

因為要一個笨蛋「變聰明」或「變快樂」，後者相對容易。

你有沒有發現，爸爸笨、媽媽笨、你也笨，我們一家都是笨蛋，大家都一樣最公平，一起過著快樂的笨生活。

快樂如月亮，看似遙遠，轉個念頭，就能捕到。

小男孩與大男孩，又來了！

你會什麼？

小男孩站在書櫃前選書，挑了一本英文書給大男孩，然後問：

「你會唸英文嗎？」

「不會。」

「那你會什麼？」

工作

大男孩努力哄小男孩睡覺，小男孩努力提問，爭取不睡覺的時間。

「你工作會賺很多錢嗎？」

「不會。」

「那你幹嘛工作？」

你會煮什麼？

大女孩一整天不在家，小男孩下午肚子餓，跑去找大男孩。

「你可以煮東西給我吃嗎？」

「你想吃什麼？」

「吃螃蟹、蒸蛋、肉肉。」

「有簡單一點的嗎？」

「那你會煮什麼？」

「水煮蛋。」

「好、吧。」小男孩一臉不悅。

長大想要做什麼？

小男孩在書房翻出一堆零錢，專心分類形狀，大男孩看著他投入表情，好奇問：

「你長大想要做什麼？」

「當然是做自己啊！」

人生

放學回到家，小男孩把書包甩在地上，飛奔去找大男孩。

「你知道人生是什麼？」

「不知道。」

「我教你，人生就是兩個字。」小男孩比出 YA 的動作。

為什麼要生氣？

客廳剛整掃乾淨，小男孩數個轉身又弄亂，大女孩情緒上來，收拾玩具與小男孩。

小男孩困惑問：「為什麼要生氣？」
大男孩發現苗頭不對，立刻拉兄弟逃離現場。

環遊世界

大男孩唸故事書給小男孩聽，主題是世界各地美食，不自覺沉浸在旅行回憶，回神後看著小男孩。

「你想環遊世界嗎？」
「不想——我只想吃草莓冰。」

選擇

一家人環島，有時住背包客棧，有時住飯店，大男孩認真問小男孩：

「你喜歡住背包客棧，還是飯店老闆家？」

「當然是老闆家啊！」

「你怎麼可以忘記自己是背包客？」

「我是背包客啊，喜歡住老闆家的背包客。」

我有錢

故事書裡介紹非洲動物，小男孩疑惑看著大男孩。

「為什麼我們現在不去非洲？」
「非洲很遠。」
「搭飛機啊！」
「你有錢嗎？」
「有啊，我有很多零錢！」

窮，重要嗎？

小男孩天外飛來一筆。

「你覺得窮，重要嗎？」
大男孩不知道答案跑去問大女孩，得到這個答案。
「我覺得你認真工作賺錢養我，才是最重要的。」

如果可以為你留下什麼

一段錄音

你剛學注音，最討厭有注音的故事書，故意裝看不懂，然後會把書塞給唸故事機，那台機器就是我。

我叫你自己讀，你裝無辜說不會，其實你會但不想讀，因為你想有一個人陪在身邊，賴皮的靠在他身上，得到一座溫暖靠山。

我會說一個故事，把它錄下來。當你播放這段錄音，我會抱著你，唸故事給小頑皮聽。

一包糖果

如果玩具是你最好的朋友，糖果就是最佳損友，每次都吵著要找它，媽媽最討厭這個損友，說它會害人變笨，所以我只能偷偷帶你去買糖果，最後我們一起挨罵。

你最喜歡跳跳糖，雖然吃太多糖對健康不好，可是看到你歡樂吃糖的表情，我覺得這也是一種健康，情緒的健康。

記得把這包糖果吃完，我在裡面藏了一隻牙刷。

一張照片

我選了一張你幼兒園的畢業照，我們全家站在門口合照。

為什麼要選這張呢？

你沒有很喜歡這間學校，卻還是讀畢業，你已完成人生最嚴苛的挑戰──「把不喜歡的事做好」。

一首歌

你小時候不在乎歌詞的意義，只管用奇怪台語唱〈浪子回頭〉，我搭你肩唱副歌。

有一天，咱都老，帶某子逗陣，浪子回頭～

一封信

這封信會是媽媽親筆寫的，她字寫得比較好看，文筆更厲害。

一包樂高

我們一起流浪搭長途列車時，我會拿出一包樂高，讓你打發長時間等待的無聊的焦慮。

人生感到無意義時，打開樂高，消滅無聊。

一台打字機

你從小看著我和媽媽敲打電腦鍵盤長大，我們真的不是玩電腦，是工作。寫作是我這輩子唯一做過最久的工作，最喜歡的事，雖然當作者收入不穩定，但有穩定的空間與時間，突然想旅行就可以去旅行、可以留長頭髮和長鬍子、制服隨便你搭配、想宅就宅。

這份工作之所以迷人，可以聽到靈感源源不斷的打字聲，是熱情小宇宙的聲音。

如果找不到一份迷人工作，就把眼前的工作變迷人，唱出內心小宇宙的歌音，你就是創作歌手。

一盒沙子

去公園或海邊，你最喜歡玩沙，蓋城堡、挖河道、把自己埋進沙堆，發揮創造力。

生活是一片沙坑，有人覺得無聊不好玩，有創造力就很好玩，就算被埋起來也樂在其中。

若找到對的挖沙工具，好玩到忘我。

一枚背包

全部的東西都在背包裡，這些是我的，也是你的。

我暫時幫你保管童年，現在全部交給你，還給你，留給你。

後記

寫完這本書時，你剛就讀小一，除了無法任性請假去旅行，我們依然會吵架與和好、騎車兜風、睡前儀式說心事，一如往常。

你問我最近在做什麼？在寫要對你說的話，你氣說自己又看不懂，為什麼不直接說就好，幹嘛用寫的。

說過的話容易忘，你花六年陪伴我，我要寫下你對我的重要。

然而有一位比重要更重要的人，經歷世界上疼痛指數最高的人，你的媽媽，謝謝她的容忍與照顧，如果沒有她……（好了，別拖戲了。）

接下來一家人吵鬧的日子繼續過，我們來當世界上最奇怪的三人團體組合，讓你當主唱飆高音。

Life 002

我的學號是爸爸

作者 藍白拖
繪者 Dinner
裝幀設計 迪迪
行銷企劃 杜佳玲、杜佳蕙
執行企劃 呂嘉羽
總編輯 賀郁文

出版發行 重版文化整合事業股份有限公司
臉書專頁 https://www.facebook.com/readdpublishing
連絡信箱 service@readdpublishing.com

總經銷 聯合發行股份有限公司
地址 新北市新店區寶橋路 235 巷 6 弄 6 號 2 樓
電話 (02)2917-8022
傳真 (02)2915-6275

法律顧問 李柏洋律師
印製 凱林彩印股份有限公司
裝訂 智盛裝訂股份有限公司

一版一刷 2020 年 10 月
定價 新台幣 380 元

國家圖書館出版品預行編目 (CIP) 資料
我的學號是爸爸 / 藍白拖作 . -- 一版 . -- [臺北市] : 重版文化整合事業 , 2020.10
面 ; 13x19 公分 . -- (Life ; 2)
ISBN 978-986-98793-3-0(平裝) 863.55 109014480